U0033567

二魚文化

新詩讀本 增訂版

蕭蕭 白靈——主編

臺灣現代文學教程

POETRY

新詩讀本

CONTENTS 目錄

CONTENTS 目錄

CONTENTS 目錄

編輯凡例

一、本教程為製作嚴謹的現代文學選集，第一批出版「小說」、「散文」、「新詩」、「報導文學」、「當代文學」五種讀本，為昭公信，每種讀本由任教於大學的作家主編，並邀請開設臺灣現代文學課程的學者出任編輯委員。

二、每種讀本的入選作品，均廣納各方意見，多次開會討論決定，務期作品具代表性與文學價值。

三、編選範圍，自日治時期迄今，務期呈現臺灣現代文學的發展脈絡。

四、作品排列，《散文讀本》及《新詩讀本》大抵按作者出生先後為序。《小說讀本》、《報導文學讀本》以作品發表日期為序；《當代文學讀本》以文類，再依作者出生先後排列。

五、本教程由主編撰寫「導論」或「緒言」、「作者簡介」、「作品評析」、「延伸閱讀」，務期方便欣賞、習作，與研究。各種讀本在格式上不盡相同，如《新詩讀本》的主編考慮詩語言充滿歧義性，乃將作品評析部分融入「作者簡介」概述；《小說讀本》亦然。

六、「導論」旨在陳述文學思潮流變，彰顯文學發展座標；「作者簡介」呈現作家生平概略，與整體創作風貌；「作品評析」為體貼讀者欣賞，深入淺出地導讀文本；「延伸閱讀」條列選文重要的評論、訪問篇目，提供進一步研究的參考。

導論

站在詩人的肩膀上

白靈

前言

沒有哪個文學名詞會如同「詩」這個字，需要一再地對它下定義，幾乎每一位讀詩人很難不曾在心中起過疑惑：「那麼究竟什麼是詩？」而凡是寫過詩或塗鴉過詩的人，幾乎都曾以精簡的一兩句話對詩作過「自以為是」的歸納。龐德說「詩即謎語」，又說「詩是感情的方程式」；「方程式」按理是來釐清所思所感的，卻出之以「謎語」，豈非「折煞」讀者心思。桑德堡說「詩是一扇門一開一闔之所見」，開是想讓人看，闔是不讓人看，如此讀者始終處在窺看之境，人人產生不同的「映象」，詩意因此而生。但任何詩人均不曾因此停止他們的「詩是說」。

臺灣年輕詩人紀小樣即至少對詩下過十幾個「自覺過癮」的定義，比如「詩是叛徒最多的宗教」、「詩是頭皮屑，角質化的思想；在某些年代是白犀牛的犄角」、「詩是海洋，渴望在最深處裡擁抱一隻蒼鷹」、「詩是諾亞方舟裡，唯一一隻找不到異性的野獸」……，他其實不在對詩下真正定義，而只是以詩註詩、自問自答，甚至連答案何以「長成這樣」，都仍半信半疑，卻不免陶醉似地樂在其中；而且可能一生都會持續「氾濫」下去。也可以說，讀者和詩人畢竟不同於專家學者，他們對詩本質和「性格」的關注，遠多於詩的歷史和傳承。那微妙游動、幽微閃爍的感受，看來不像學習而得的，更像是人人身上皆有、與生俱來的本能。

然而弔詭的是，最斤斤計較於它的「傳統」和「未來」的文學，竟然就是詩。舉凡文學的革命、危機、或轉機，甚至誕生或死亡（？），無不由詩開其端：經常一篇「危言聳聽」似的宣言、幾期很快「壽終正寢」的詩刊（比如《風車》詩刊只辦了四期）、乃至幾小時偶然的小聚，可能在詩壇都會引起軒然大波或吹皺一池春水，對後來詩的走向產生決定性的影響，這些往往可以堆疊成龐大的詩之史料。詩人的「隨機性」創意、靈感（比如張我軍因「苦戀」而寫《亂都之戀》），或發難或轉向的「不確定性」行動（比如賴和及楊華後來不再寫新詩改寫舊詩），因勢而變、飄蕩難測，正是人心最正常不過的表現，也是宇宙對人類最奧妙的賜予。然而對於詩的傳統和歷史，論者多矣，幾乎所有新詩選的序或導言總要「長篇大論」、經常多達數萬言地回顧一番，一方面顯示論者豐富的學識，一方面強加歷史或個人好惡於詩的前面，常常嚇壞習詩人的胃口，而其實還不如兩頁的圖表或十頁的「新詩大事記」來得清晰、以及研讀幾個重要詩人的作品更容易讓人「心知肚明」。

因此對於《新詩讀本》這樣一冊敲叩新詩大門的選集，編者更期望讀者從詩的文本中獲得「喜悅」和「智慧」，甚至「引誘」出創作的可能和樂趣。赫曼赫塞說：「寫一首壞詩的樂趣甚於讀一首好詩」，何況長篇累牘的詩的歷史？其樂趣豈非差去遠矣？那何妨先等讀了很多好詩、了解或模模糊糊約略明白了什麼是詩、乃至已經塗鴉了幾首小詩後再說呢？赫塞要說的其實是「人心的可能」、「創造的可能」、以及「人人的可能」。

以是，若對「詩為什麼發生」有興趣的，可以續讀下列第一節（人心的可能）；對「詩的小史」勉強可接受一二的可讀其下第二節（創造的可能）；對「詩的創作活動」尚想認識一下的無妨瞄一瞄最後一節（人人的可能）；否則請暫且就此打住，即可直接展閱詩文本。

一、人心的可能：詩人的肩膀如何站起來的

在還沒有詩之前，人類應該早已會使用音樂、舞蹈、繪畫、雕塑、建築等藝術來表現其內心的

感覺。他們充分使用了天生與俱的右半球大腦的感性功能，以這些形式呈現的感受，其實已有「詩意」隱藏其中——那是人人心頭皆有、卻說不清楚的什麼。而當人類發明了語言（可能是四萬年前，文字則約六千年前），即開始進入左半球的理性領域，因為語言是透過學習和記憶而得的，具有制約性和變遷性，因此當欲以左半球的語言媒介傳達右半球的藝術內容時，不得不出之以「詩」——曖昧游移、渾沌模糊的語言——剛開始可能是咒語或禱詞，希望藉此「清楚」或「稍為清楚」地表達與音樂、舞蹈、繪畫、雕塑、建築等所欲呈現的相近內容。而因音樂繪畫等等藝術「從來就不在說清楚什麼」，因此「詩」之常常會陷入「說不明白」的困境，像「謎語」，「一開一闔」，而美卻就在其中，豈非較易理解（而且充滿詭異的神祕特質）？

因此或可說，詩之出現就介在眾多早期藝術形式與後來的科學文明之間，是人類從右半球向左半球大腦橫跨時產生的第一種文學形式，也是一種普世皆然的藝術媒介，即使沒有文字的民族竟也有綿延不絕的詩歌。它代表了宇宙賦予人類的創造本能並不具區隔性——只要有人類的靈性存在，詩即存在，各式各樣的創造力便存在，它展露了人對既存事物（包含藝術文學、科學）的不耐、恐懼和無窮抵抗。下表（參見拙文〈為什麼會有詩〉，國語日報，2001.4.25）或可看出詩的殊異性：

人腦	頻繁使用的年代	特性	各半球偏重的表現形式（注意「偏重」二字）	併用左右半球的表現形式
右半球（管左半身）	至少數萬年（可能到數十萬年）	圖象的（非語言的）、綜合的、直觀的、非線性共時處理資訊、非因果的、類推的、軟式的思考	音樂、舞蹈、繪畫、雕塑、建築	詩（文學、戲劇、電影）
左半球（管右半身）	數千至一萬年（或不止，使用語言至少四萬年）	語言的、分析的、邏輯的、判斷的、線性歷時的處理資訊、概念的、因果的、理性的、數理的、硬式的思考	數學、天文學、物理學、化學、生物學、心理學等	

「前言」中所提「詩是感情的方程式」一語（龐德），正恰巧表達了此種併用左半球（方程式）與右半球（感情）的表現方式。對詩人而言，感覺是第一性，理性是第二性，創作時理性是次要的，被刻意壓抑的，卻又必須使用「出之理性範圍的語言」作為媒介，宛如火中取栗、風雪中飛行，其亟欲獲取一種永恆的秩序感——如方程式般可以再現和驗證，幾乎是一種「不可能的任

務」。但對科學家而言，理性是基性，感覺是次性（伽利略語），以準確、顛撲不破的「方程式」表達宇宙間物質能量生滅和運轉的現象、解開大千世界的各種奧祕，是數百年來諸多科學家奮勇追求的目標，但今日心理學及大腦神經學、基因學的研究已讓我們慢慢明白，最難解開的方程式可能就在人身上，而人會寫詩愛詩可能是宇宙最神奇的奧祕之一，宇宙似乎借助人的此一能力展現，彰顯自己的奧妙和神奇；而且「詩」的此一現象有可能是全宇宙性的，如果還有別的地球存在的話（可能有無數個地球）。

「感情的方程式」是想「究竟」人心是怎麼一回事，「科學的方程式」是要「究竟」大千宇宙終極的模樣。不論何者，每個時代皆有為數頗眾的詩人和科學家分頭投注其中，而且是如此地鍥而不舍。它們的目標和終極關懷有可能在未來趨於一致，發現彼即此、此即彼。而人之所以要由右半球跨入左半球大腦，以詩表現情思，按照黑格爾的說法（見《美學》卷四，朱光潛譯，里仁版，1983）是因可以藉此擺脫物質的束縛，擺脫雕塑建築龐大立體的物質束縛，擺脫平面繪畫的顏料線條的束縛，擺脫音樂的點的跳動和不同樂器的束縛，只餘語言的聲音、文字的武斷符號，以之引起觀念、間接引發情感，「末了只在思想和情感的內在空間與內在時間裡逍遙遊盪」，「愈不受物質束縛，心靈活動就愈自由」，這是理性主義者的思維模式，也是將左半球的理性等齊於右半球的感性，好像可以自右半球大腦暫時抽離逃脫，氣喘吁吁站在左半球，隔著河回頭欣賞自己在右半球的所感所想，重新整裝，蓄勢再發；以是「詩藝術這種自由對每一種美的創造都是必要的」、「故可流注到一切類型的藝術裡去」。脫身後再重新投入，能力似乎超乎從前。詩的這種「能量」和「能耐」說明了「人心的可能」，間接說明了詩人挺起的這座「肩膀」具有神祕性乃至「宇宙性」。至於詩是不是真正有這種「高度」，仍有待未來更多科學的解釋，也或值得讀者在「讀詩」、「寫詩」的行為中，仔細去辨認、追索、印證。

由於詩是語言的藝術，所假借者少，因此欣賞時要較造形藝術（繪畫、雕塑、建築）、表演藝術（音樂、舞蹈）、綜合藝術（戲劇、電影）等自由許多，也較不易受環境控制；其次，物質束縛大者創造的難度更高，能參與創作的人口也少，但欣賞的人口反較詩（文學）多。而由於詩創作所需的知性條件較高（併用左半腦的語言），由此，可以透過學習觀摩，參與詩創作的可能性也比其他藝術容易。此外，物質質量大者（尤其是電影），引力越大，只有詩（文學）較易予人自由感，也因而「看守不易」，最易「地下化」，且通過知感兼具的「努力」，比起其他藝術就更具潛移默化的力道。（參見拙著《煙火與噴泉》之〈媒介轉換〉一文，三民，1992）

另外，上面諸多的表現形式中，凡右半球的形式均無需翻譯，是透過直觀的感受即可傳達；

而左半球的形式均需翻譯，其失真率還不太大；只有併用左右半球的詩表現形式最難翻譯，其失真率非常驚人，尤其是古典詩歌的翻譯，常達至不忍卒睹的地步，這也是詩歌出現時常會伴隨音樂或戲劇、後來的詩不再負載記錄歷史的責任，以及小說戲劇電影等會越發達、詩會逐步走向自由形式的原因。即使是今日現代詩的自由體形式，仍然有諸多語言之美和奇魅處，無法透過翻譯傳遞，詩中的方言或同一國家中不同族群之間的詩作亦然，何況是國與國之間詩作的傳譯。百年來的諾貝爾文學獎以頒給詩人與小說家為主，人數不相上下，幾乎每隔一年即有一詩人得獎，但熱鬧的程度往往不如小說家，即在於其曖昧虛實之間的某種美或原力無法以原貌、透過另一種語言精確地「傳真」。偏偏科學上的「精確」一詞，往往是詩最避之唯恐不及的。

二、創造的可能：臺灣詩人如何高聳肩膀

詩處在藝術與科學之間一個奇妙的地位，它是兩個領域之間一個飄忽不定的形式，雖然採用的是語言，卻又只能意會、難再以其它媒介精確傳達。它是萬物與人心靈虛實互動、靈感與語言隨機運作後的產物，它的奧妙往往在意與象、情與景、精神與物質、抽象與具體、隱與顯、有與無，乃至奇與常、正與反、吸力與斥力……等等的相生相剋之間（參見拙作《一首詩的誕生》之〈意象的

虛實〉四篇，九歌，1991），簡而言之，詩具有「曖昧」的特質。

而臺灣的尷尬位置以及它數百年來多舛的命運，幾乎與「曖昧」二字同義，這也正好與近代科學理論中最重要的「進化論」與「量子論」中所揭示的觀念若合符節——前者說明了萬物「隨機性」碰撞演化的特質，後者說明了光之波粒二重性的「測不準原理」或「不確定性」。亦即生命及質能之間若非時時處於無窮的碰撞和變動之中，宇宙將趨於死寂。

這兩項本屬於質能轉換的、「宇宙性」的特質，在「詩」上正巧以語言和創意（具「隨機處理」的特質）、內容和形式的有機成長（確定的粒子般的語句中卻具波狀似「不易確定之美」），予以充分體現。

臺灣以其特殊「邊緣化」的地理位置，由於始終「妾身未明」、「無法確定化」的政治事實，使得它自一九二〇年代後的文學進入一種詭奇的氣氛，幾經轉折，終於在二十世紀的後半葉，開花結果，發展出迥異於其他華人地區，也是所有華人地區最豐盛的詩的果實。當其時，知識份子的危機感特別深重，優秀的青年熱衷於留學海外，二、三〇年代日據時期是如此，五、六〇年代國府在臺時留學海外的全是菁英份子，其數目足以用「多如過江之鯽」形容——正好與一九四九年大量知識份子由大陸隨軍來臺形成一出一進的有趣對比——之後大批「學人回歸」也為其後的臺灣經濟打下厚實的基礎（如設立新竹科學園區），詩的眼界由於多「根球」和經由論戰、運動等的數度「接枝」而變得多元化，其成果也是迄今海峽對岸的詩人仍難以望其項背的。

政治時空的「不確定性」，造成知識份子的「外運」和「內送」，對臺灣本島而言，正是增強其「隨機性」的碰撞頻率的開端，衝擊和生變乃成必然。由於政局劇變，國府來臺，在臺詩人無法銜接不同語言的轉換，暫時「失聲」；其後二十年，在詩壇占有優勢的反而是大陸來臺的中、青詩人組成的三大詩社，現代詩社（紀弦為首）、藍星（鍾鼎文、覃子豪、余光中等）、及創世紀（瘂弦、洛夫、張默等）鼎足為三，而由主知卻又浪漫不羈的紀弦領軍、浩浩蕩蕩的「現代派」充當急前鋒，為當代詩壇殺出一條康莊大道來；對日據時期在臺詩人的認識反而需待多年後透過「笠」詩社集團等本省籍詩人於茁壯之後一起「眾聲喧嘩」，再回頭耙梳、整理、及翻譯（日翻中），方得抖落歷史的灰塵，呼喚這些前行者重新整裝進入詩史。在此之前，「臺灣的新詩發展史」是以「中國正統詩史的繼承者」自居的，每回頭敘史，皆由五四說起，言必胡適徐志摩，編起詩選必稱《中國現代詩選》、《中國當代詩選》、《中國當代十大詩人選集》……等等，目中全無大陸詩人的存在。日後也能証實，當初這種「自大」和「自戀」毫不為過、並非不宜；主因即在一九四九年之後近三十年間，大陸詩人因恐怖的「寒蟬效應」竟留不下太有價值的詩作，臺灣遂得以小搏大、四兩撩倒千斤，不能不說是兩岸詩史上值得大書特書的大事。因之日據時期詩史的暫時性斷裂，與乎大陸詩人一九四九年後三十載更為慘痛的斷裂，都是政治和文化的悲劇。而今「中國現代詩」逐漸縮小改名為「臺灣現代詩」，連「現代詩」也回頭稱呼「新詩」，這之間一來一往，隱含族群間微妙的互動、較勁和不自覺地隨機演變，饒富興味和「曖昧」。或值好事者續予觀察。

日據時期一九二〇年七月創刊的雜誌《臺灣青年》乃臺灣新文學運動的搖籃，是於日本東京編印的。其後一九二二年一月掀起臺灣白話文運動序幕之陳瑞明的論文〈日用文鼓吹論〉即於此刊物發表。同年四月刊物改名《臺灣》，此後幾經數度易名：《臺灣民報》（一九二三年七月，半月刊；一九二七年八月遷回臺灣發行時改為週刊）、《臺灣新民報》（一九三二年四月，日刊）。日據時期重要的文學及詩活動均與之有關，比如臺灣新詩史的第一批詩作——追風的〈詩的模倣〉日文詩四首（1924.4.10）、「外運」至北平卻向東京投稿的張我軍一系列臺灣新文學運動論文〈致臺灣青年的一封信〉（1924.4.21）、〈請合力拆下這座敗草叢中的破舊殿堂〉（1925.1）、〈絕無僅有的擊鉢吟的意義〉（1925.1.11）、〈新文學運動的意義〉（1925.8.26），乃至臺灣新詩史上第一部中文詩集《亂都之戀》（1925.12）也由此刊物出版，直到一九二七年此刊物獲准搬回臺灣，而張氏來回北平與臺島，要到一九二九年七月才從北平師範大學畢業，他的論點卻早已吹皺了幾池的春水，引起「舊詩人」（包括連雅堂）不小的反彈。而一九二六年一月賴和主持此刊物的文藝欄後，十一月第一次辦理白話詩徵稿活動，即得詩五十首，有楊華（器人）、黃得時等六人的詩入選。其後臺灣第一份算是詩刊的新詩專欄取名叫「曙光」，也是此刊物於一九三〇年八月增闢出來的。

那時張我軍「外運」至北平雖如胡適「外運」至美國，但距離較近，聯繫較易，也一度回臺。他於一九二四年四月對臺灣新文學運動發難的時間，距離胡適一九一七年一月一日在《新青年》雜誌二卷五期發表〈新文學改良芻議〉一文及在同年二月的二卷六號發表新詩山之作〈蝴蝶〉、〈湖上〉、〈醉〉、〈老鴉〉等〈白話詩八首〉，已有七年；距離一九一九年的「五四運動」則有五年；但距離重要文學社團成立的時間更近，比如主張為人生而藝術、推廣小詩創作、編印《小說月報》及《詩》月刊的「文學研究會」成立於一九二一年；主張自由詩、崇尚自我和浪漫主義的「創造社」也成立於一九二一年；卻比一九二六年在北平《晨報．詩鐫版》徐志摩、聞一多等人提倡新格律和建築美、繪畫美、音樂美的「新月派」還早了兩年。當時大陸新文學運動的重要人物大都齊聚北平，以是要張我軍不受此「亂都」的影響也難（曾登門拜訪魯迅），當他想「作最平易而且最率真的平民詩」，或者開炮提倡：

> 不但打破五言七言的詩體，並且推翻詞調曲譜的種種束縛，不拘體格，不拘平仄，不拘長短，不拘韻，有什麼題目做什麼詩，要怎樣做，就怎樣做。（1925.3）

他的心裡是想著胡適〈文學改良芻議〉一文的八項主張的：須言之有物、不摹仿古人、須講求文法、不作無病之呻吟、務去爛詞套語、不用典、不講對仗、不避俗字俗語。

張我軍又似乎比胡適說得更平易近人，更無拘無束，連八項中的「須講求文法」都省略不提，而且還有不怎麼苟同的味道，也難怪他的詩沒有「胡適體」起初那種「小腳放大」的弊病。另一方面張氏也很快學會了文學研究會重要成員冰心「小詩體」（受泰戈爾及日本俳句的影響）的形式，她的《繁星》、《春水》應是張我軍愛讀的詩集，於是很快也「收集起零碎的思想來」（冰心《繁星》自序，1923），在一九二四年發生的戀情（於北平讀書時與同學羅文叔戀愛，其後一度私奔臺灣），一九二五年十二月就紀錄且出版了他的第一本也是臺灣首部中文新詩集《亂都之戀》，只比胡適的《嘗試集》（1920.3）晚了五年九個月，風格則深得冰心的嫡傳，比如此集中的一首：

火車縱無情，
火車縱萬能，
也載不了我的靈魂兒回去，
我已經把他寄在這裏了。

語氣和標點符號都是非常「冰心」和「五四」的。

然而急先鋒的張我軍一如帶頭的胡適，畢竟寫詩是為了印證他們白話文運動的想法，但限於詩才及毅力，大炮夠大火藥卻不足，張氏重要的詩作品於一九二五年完成後即難以為繼。這也是一九四九年之前大陸及臺灣的詩成就都有限的原因。詩才有憾，則大氣候難成；不少詩人還有日文「內送」到中文的跨語言問題（日據時期臺灣出版的日文詩集比中文詩集多）；何況時局數變、人心惶惶、經驗難以沉澱成作品；而且詩的理論建構不足、論爭多印證的作品少，創作者的持續性常有問題，每厭於新詩改寫舊詩，比如一九三五年之後賴和即不再寫新詩，改寫舊詩，隨後就遭到質疑：「如今他卻在做著舊詩，豈不是使後進的新詩人起了動搖嗎？」（林克夫，1936），包括大有可為的楊華、陳虛谷、楊守愚率皆如此，而且舊詩寫得比新詩還多，此種因勢轉移、對詩感覺的「不確定性」，大大打擊了新詩的元氣、「灼傷」了後進和追隨者的心。

另一項本大有可為、卻未隨局勢獲適時轉移的是「超現實主義」，這日後在洛夫、商禽、蘇紹連等人身上展現的技藝，卻早在二、三十年前（1934）即輾轉由日本引進到臺灣，離法國布魯東發表「超現實主義第一次宣言」（1924）才十年。這其中成就最大的是水蔭萍（楊熾昌），他大概是站在日文那一邊、卻未跨到中文這一頭來的詩人群中最令人「驚艷」的詩人，即使透過翻譯，他的文字蠕動的方式仍如烏亮的煤炭在沉埋的地底閃動奇魅的光芒，比如：

花魂濡濕、歌在粗獷的嘴唇
噴出血
荒寒地開展的聖靈的果實
以嚴肅的不幸之化石為祝典

——〈花海〉第二節部份

為蒼白的驚駭
緋紅的嘴唇發出可怕的叫喊
風裝死而靜下來的清晨
我肉體上滿是血的創傷在發燒
——〈毀壞的城市〉中之「黎明」

房間的空氣井底一樣沉甸甸的
把長衫捲到三角褲處
美里以白色的手撫摸腳的線
煙斗的聲音和爵士和腋臭和……
夢醒就看到「再見——M子」的字型
玫瑰的花粉蓋上口紅
敗北的意識沉重地流過去
——〈花粉和嘴唇〉

這些篇章直逼五、六〇年代的現代詩作，卻凝重而隱含著什麼，在可解與不可解間。第一個段落有悲悼祭品和不幸的味道；第二個段落表面說的是日出，實寫命運之悲慘；末段像微型小說，應是寫美里（女）與M子（男）的情愛關係，前四句或是夢境的內容，描繪兩人上床前種種，夢醒後M子離去，在鏡上以口紅（？）寫下那四個字，像是最後一夜之後絕別的留言，末兩句乃能與首句呼應，「玫瑰的花粉蓋上口紅」與題目有關，或是「口紅蓋在玫瑰花粉上」之意，一般玫瑰是男贈女的示愛之物，口紅屬女所有，也或許女的以嘴唇吻在男人留下的玫瑰花上，卻感受到「敗北的意識流過去」——做動作時心裡流過去「終究挽留不了什麼」的失意之情。如此硬解，或不妥當，卻可看出水蔭萍的語言可以「留住人」的魅力，雖然文字略為歐化，但有文言介入，白話反顯濃郁而淒美。以上詩中不斷出現的「荒寒」「血」「可怕」「叫喊」「創傷」「沉甸甸」「敗北」「沉重地」等字眼，與心境有關。後來屬於銀鈴會的林亨泰和詹冰，是跨越語言成功的少數幾位，語句的操作也都凝練含蓄，只是更簡潔而主知，字句的縮簡似乎正可借以減輕時代加在自身的負擔。

然而詩會如此「曖昧」地呈現，其實是他們命運的表彰，一種寧靜的抵抗，如水蔭萍（楊熾昌）在一篇訪問稿中所言（1986）：

> 寫實主義必定引發日人殘酷的文字獄，因而引進法國正在發展中的超現實主義手法，來隱蔽意識的表露。……由於在殖民地寫文章的困難，提筆小心，如能換另一個角度來描寫，來透視現實的病態，分析人的行為、思維所在，則能稍避日人的凶焰。

長期身處這樣的氣氛下寫詩，壓力當然太大，以是水蔭萍與同學於一九三五年秋勉力成立「風車詩社」，出版《風車》詩刊，隔年秋天亦不得不停刊，才出版四期，每期印七十五本，當時影響極為有限。今得重讀，令人欣慰。

方知二十世紀後半臺灣新詩得以興旺，實與：(1)政治氣氛較寬鬆(2)詩壇領導人才華出眾(3)詩社此起彼落，壽命長的如九命怪貓，短的像扮家家酒(4)學者逐漸樂於以之作學術研究(5)編選的集子眾多(6)詩獎獎不完(7)新詩作品進入中小學教育體系……等等因素有關，造就了新詩史上「香火鼎旺」的一代（參見拙作〈新詩矽谷〉一文，文訊雜誌一九九九年八月號）。此部份小史論述者不少，此處不擬再予詳述，僅以所附「新詩發展流程圖」（參考拙文〈新詩矽谷〉），略予「表過」（圖中箭頭及其上的符號代表影響的派別及區域）。

新詩發展流程圖

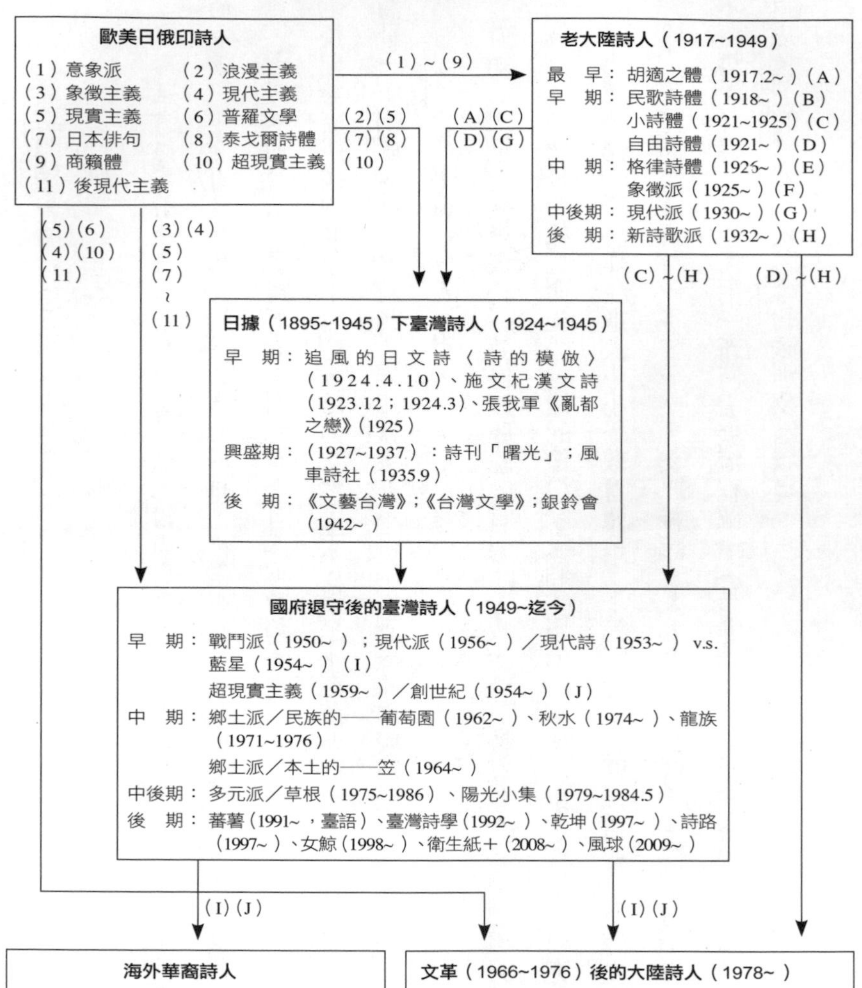
歐美日俄印詩人
(1)意象派
(2)浪漫主義
(3)象徵主義
(4)現代主義
(5)現實主義
(6)普羅文學
(7)日本俳句
(8)泰戈爾詩體
(9)商籟體
(10)超現實主義
(11)後現代主義
(1)~(9)
(2)(5)(7)(8)(10)
(A)(C)(D)(G)
(5)(6)(4)(10)(11)
(3)(4)(5)(7)~(11)
老大陸詩人(1917~1949)
最早：胡適之體(1917.2~)(A)
早期：民歌詩體(1918~)(B)
小詩體(1921~1925)(C)
自由詩體(1921~)(D)
中期：格律詩體(1925~)(E)
象徵派(1925~)(F)
中後期：現代派(1930~)(G)
後期：新詩歌派(1932~)(H)
(C)~(H)
(D)~(H)
日據(1895~1945)下臺灣詩人(1924~1945)
早期：追風的日文詩〈詩的模倣〉(1924.4.10)、施文杞漢文詩(1923.12；1924.3)、張我軍《亂都之戀》(1925)
興盛期：(1927~1937)：詩刊「曙光」；風車詩社(1935.9)
後期：《文藝台灣》；《台灣文學》；銀鈴會(1942~)
國府退守後的臺灣詩人(1949~迄今)
早期：戰鬥派(1950~)；現代派(1956~)／現代詩(1953~) v.s. 藍星(1954~)(I)
超現實主義(1959~)／創世紀(1954~)(J)
中期：鄉土派／民族的——葡萄園(1962~)、秋水(1974~)、龍族(1971~1976)
鄉土派／本土的——笠(1964~)
中後期：多元派／草根(1975~1986)、陽光小集(1979~1984.5)
後期：蕃薯(1991~，臺語)、臺灣詩學(1992~)、乾坤(1997~)、詩路(1997~)、女鯨(1998~)、衛生紙+(2008~)、風球(2009~)
(I)(J)
(I)(J)
海外華裔詩人
星馬詩人 (王潤華等)(留臺陳慧樺、陳大為等)
菲律賓詩人 (和權、謝馨等)
越南詩人 (銀髮等)(留臺有尹玲)
香港澳門詩人 (何福仁等)
美加詩人 (鄭愁予、林泠、葉維廉、張錯等)
文革(1966~1976)後的大陸詩人(1978~)
文革結束前(流沙河、黃翔等)——第一代
朦朧詩派(北島、顧城、舒婷——第二代
後朦朧詩派(韓東、翟永明、楊小濱等)——第三代
第四代詩人出現

三、人人的可能：站在肩膀上飄忽而去

前節說過，唯有不停地「隨機性」碰撞，生物方能演化；以及宇宙事物沒有確定的模樣，只有「不確定性」的模樣。亦即「變」乃常態，「不變」將自我窒息。若讀詩前是這個樣，讀詩後必是另一個樣。面對的詩越多，心底存藏的「樣」就越豐盛。詩到後來竟像個魔鏡似的，預見了人心靈底處可能的褶痕究竟何等複雜。讀詩是看別人在鏡裡「掰」弄那些褶痕——捫、捶、捩、捽、捺、捻、掀、掐、摳……，沒有一個動作是相同的，但舒服的是他，你只分了一點點——癢！

很多人不知如何穿透、走入那鏡內，好過癮自個兒的心靈之旅。更多的人自覺書讀太少詞彙不多。但詩既是語言的藝術，自然是字與字、詞與詞「隨機」碰撞的結果。許慎《說文解字》有九千三百字，《漢語大字典》五萬六千字，但《紅樓夢》只用四千五百字種就寫了七十三萬字（以電腦計算），《史記》則以五千一百字種寫了五十三萬字（鄭錦全，2002.7.23中國時報十四版），加上詞彙的數目，不會超過八千個。

重要的不是「記得」，而是如何「組合」！此時培養自己對每個字的「感覺」便很重要。「拿起」每個字或詞——一如下河撈起一條魚，將牠「從頭到尾」看清楚；再撈起兩條魚，比較牠們的相近、相似或相反，也許牠們彼此就自動「張嘴」對話起來，開始囁嚅不清、後來像互打謎語、慢

慢你略知一二或三四，慢慢你就不想聽了，丟回河裡，再抓起另兩條魚來，也許牠們正互瞪白眼、或互拋媚眼呢。

很快你就會發現，兩條魚的背後，正快速游來一大群魚哩，隊形變化萬千，飄忽不定，熒熒閃閃以流星的速度飛撞你的腦膜。每首詩就是這樣的一群魚！仔細地隨牠們的飄忽而飄忽，心中澄明，無有定見，任牠們穿入你，再穿出你！有一天你會發現你已是那魔鏡了。那以極速飄忽而來的，不是別的，正是忽上忽下忽左忽右因游動而難以捉摸的你自己，正「透」鏡而入，又「透」鏡而出，你那無法阻攔的魚群！

南國哀歌

賴和

所有的戰士已都死去
只殘存些婦女小兒，
這天大的奇變，
誰敢說是起於一時？

人們最珍重的莫如生命，
未嘗有人敢自看輕，
這一舉會使種族滅亡，
在他們當然早就看明，
但終於覺悟地走向滅亡，
這原因就不容妄測。

誰敢說他們野蠻無知？
看見鮮紅的血
　便忘記一切歡躍狂喜，
但是這一番（這一次）啊！
明明和往日出草有異。

在和他們同一境遇，
一樣呻吟於不幸的人們，
那些怕死偷生的一群，
在這次血祭壇上，
　意外地竟得生存，
便說這卑怯的生命，
　神所厭棄本無價值。
但誰敢相信這事實裡面，
就尋不出別的原因？

「一樣是歹命人！

趕快走下山去！」
這是什麼言語？
這是什麼含義？
這是如何地悲悽！
這是如何地決意！

是怨是讎？雖則不知，
是妄是愚？何須非議。
舉一族自願同赴滅亡，
到最後亦無一人降志，
敢（豈是）因為蠻性的遺留？

是怎樣生竟不如其死？
恍惚有這呼聲，這呼聲，
在無限空間發生響應，
一絲絲涼爽秋風，
忽又急疾地為它傳播，

好久已無聲響的雷，
　也自隆隆地替他號令。

兄弟們！來！來！
來和他們一拚！
憑我們有這一身，
　我們有這雙腕，
休怕他毒氣、機關槍！
休怕他飛機、爆裂彈！
來！和他們一拚！

兄弟們！
　憑這一身！
　憑這雙腕！
兄弟們到這樣時候，
還有我們生的樂趣？
生的糧食儘管豐富，
容得我們自由獵取？

已闢農場已築家室，
容得我們耕種居住？
刀鎗是生活上必需的器具，
現在我們有取得的自由無？
勞動總說是神聖之事，
就是牛也只能這樣驅使，
任打任踢也只自忍痛，
看我們現在，比狗還輸！

我們婦女竟是消遣品，
隨他們任意侮弄蹂躪，
那一個兒童不天真可愛，
凶惡的他們忍心虐待，
數一數我們所受痛苦，
誰都會感到無限悲哀！

兄弟們！來！來！

捨此一身和他一拚！
我們處在這樣環境，
只是偷生有什麼路用（用處），
眼前的幸福雖享不到，
也須為著子孫鬥爭。

附註：本詩為哀悼霧社事件而作。

——選自《賴和全集》（臺北：前衛出版社，二〇〇〇年五月）

作者簡介

賴和，原名賴河，字懶雲，臺灣彰化人，清光緒二十年，西元一八九四年四月二十五日出生，一九四三年辭世，享年五十。十六歲入臺北醫學校，二十一歲畢業，前往嘉義實習，二十三歲回彰化開設「賴和醫院」，第二年遠赴廈門博愛醫院服務，二十六歲返臺，其後加入「台灣文化協會」，以強烈的民族意識，展開社會運動與臺灣新文學運動，賴和生卒年代恰巧和日本治臺時間大致相符，終其一生賴和都有「我生不幸為俘囚」的感嘆。

賴和不但是臺灣新文學的開拓者，也是臺灣鄉土文學的先驅。賴和為臺灣新文學「打下第一鋤，撒下第一粒種籽」，後人尊他為「臺灣新文學之父」。林瑞明在他的《台灣文學與時代精神——賴和研究論集》（允晨，1993）中，強調：「賴和的新詩，正如同他的小說，都是重大事件的反響，亦詩亦史，具體表現了在高壓統治下，臺灣的胎痛。」「勇士當為義鬥爭」正是他描寫受壓迫的臺灣農民、凸顯日本政權不義的抗日精神的最佳註腳。

延伸閱讀

1 林瑞明：《台灣文學與時代精神——賴和研究論集》，臺北：允晨文化公司，1993。

2 賴和：《賴和全集》，彰化縣立文化中心，1999。

3 賴和：《賴和全集》二「新詩散文卷」，臺北：前衛出版社，2000。

4 李篤恭編：《磺溪一完人》，臺北：前衛出版社，1994。

亂都之戀

張我軍

——亂都是指北京，因為那時正值奉直開戰，京中人心惶惶，故曰亂都

一

不願和你分別，
終又難免這一別。
自生以來，不知經閱了
多少生離和死別，
但何嘗有這麼依戀，
這麼悽惜的離別！

二

亂鬨鬨的北京，
依舊給漫天的灰霧罩著，
我大清早就督著行李，
衝了雜沓的喧囂，
冒了迷濛的灰霧，
獨向將載我走的車中去。

三

秋朝的天空，
半晴不晴地，
散射著很微弱的朝暉，
微光裡，愁慘中，
火車載我向南去了。

四

火車縱無情，
火車縱萬能，
也載不了我的靈魂兒回去，
我已盡把他寄在這裡了。

五

唉！昨日在先農壇的樹蔭下
話別的一對少年男女，
今朝一個在家中歎息，
一個在鑾鑾地響著的車中含淚！

六

陶然亭惜別之處，
今朝牧童和樵女，
定必依然在那兒，

交他們的蜜語，
然而昨午小崗上的
一對少年男女，
今朝何曾有個影兒！

七

火車漸行漸遠了，
蒼鬱的北京也望不見了。
呵！北京我的愛人喲，
此去萬里長途，
這途中的寂寞和辛苦，
叫我將向誰訴！

——選自《張我軍詩文集》（純文學出版社，一九八九年）

作者簡介

張我軍，本名張清榮，臺北板橋人。生於清光緒二十八年（西元一九〇二年），一九五五年因肝癌去世，享年五十四歲。

一九二三年，張我軍曾任《台灣民報》漢文編輯，是文化的改革者與運動者，後來，藉著在北平求學的刺激和方便，積極撰文〈致台灣青年的一封信〉、〈糟糕的台灣文學界〉、〈為台灣的文學界一哭〉，向舊文學陣營挑戰；並全力介紹五四新文學運動，向臺灣的讀者介紹胡適、陳獨秀、冰心、魯迅、郭沫若等人的作品，發表〈文藝上的諸主義〉介紹西洋文學思潮，擴展臺灣新文學作家視野，使臺灣新文化運動加速推進，有「臺灣胡適」之稱。一九二五年十二月，張我軍在臺北出版他的第一本新詩集《亂都之戀》，此集為臺灣新詩史上第一本詩集，比一九二〇年三月出版的中國第一本白話新詩集《嘗試集》，只晚了五年九個月。

二〇〇二年，張我軍長子張光正收集所作評論、論著、文學創作、序文編語、書信等，合為《張我軍全集》，由人間出版社印行。

延伸閱讀

1 羊子喬、陳千武：《光復前台灣文學全集》，臺北：遠景出版公司，1982。

2 羊子喬：〈光復前台灣新詩論〉，見《亂都之戀》等書之序，遠景出版公司，1982。

3 張我軍：《張我軍文集》，臺北：純文學出版社，1975。《張我軍詩文集》，同上，1989。

4 蘇世昌：《追尋與回憶：張我軍及其作品研究》，中興大學中文研究所碩士論文，1998。

5 張尉聖：《從張我軍的〈亂都之戀〉分析日治時期的語言現象》，國文天地第307期，頁64～69，2010.12。

6 王文仁：《新舊變革與文學典律——張我軍與胡適的文學革命行動》，東吳中文學報第20期，頁191～218，2010.11。

詩的模仿

追風

讚美番王

我讚美你
你以你的手，你的力量
建立你的王國
贏得你的愛人
你不剽竊人家功勞
我讚美你
你不虛偽，不掩飾
望你所望的
愛你所愛的
你不擺架子

煤炭頌

在深山深藏
在地中地久
給地熱熬了數萬年
你的身體黝黑
由黑而冷
轉紅就熱了
燃燒了熔化白金
你無意留下什麼

戀愛將茁壯

談不上美麗可愛
跟妳今天約會，明天也約會
後天又要幽會吧
今天給妳感動一項
明天又要給妳迷上一項
不長的紅頭髮

不大的眼睛
如今變成不見面的嘆息之源
嫺淑的步履
高雅的微笑
都在渾然中成為航海的燈光
戀愛是茁壯的

花開之前

亭亭玉立
菖蒲之纖細條莖
年輕蓓蕾
飽涵著思惟
難挨的梅雨季
快要天晴了吧
那麼，我們都
索性微笑吧

——一九二三年五月二十二日

——原載於《台灣》第五年第一號，一九二四年四月十日出版，月中泉譯。

作者簡介

追風，原名謝春木，一九〇二年生，彰化二林人。日本東京高等師範學校畢業。一九二七年與蔣渭水、蔡培火等人組織「台灣民眾黨」，曾任台灣民報主筆。光復後赴日，再無訊息，據傳於一九六七年辭世。

〈詩的模仿〉共四首，以日文寫成，原載於一九二四年四月十日發行的《台灣》（第五年第一號），據目前所知資料顯示，這首詩是臺灣新詩史上第一首新詩，寫於一九二三年五月二十二日，比胡適之的嘗試新詩，只晚了七年（據朱自清《中國新文學大系》詩集導言，胡適之是中國第一個嘗試新詩的人，起手是一九一六年七月）。以發表時間來看，〈詩的模仿〉發表於一九二四年四月，胡適、劉半農、沈尹默是最早公開發表新詩的人，他們的作品同時發表在一九一八年一月的《新青年》第四卷第一號，〈詩的模仿〉晚了六年多而已。

延伸閱讀

1 羊子喬、陳千武：《光復前台灣文學全集》，臺北：遠景出版公司，1982。
2 羊子喬：〈光復前台灣新詩論〉，《亂都之戀》等書之序，臺北：遠景出版公司，1982。
3 李南衡：《日據下台灣新文學》，臺北：明潭出版社，1979。

詩

楊守愚

我想：
這麼凜冽的嚴冬，
穿著棉袍外套，
還要索索發抖，
唉！穿著單衫短褲的貧民喲！
能不凍倒？

我想：
這麼凜冽的嚴冬，
喝著燒酒熱湯，
還要畏冷嫌涼，
唉！硬著飢腸餓肚的貧民啊！
能不凍傷？

我想：
這麼凜冽的嚴冬，
躺在軟被溫床，
還要受寒傷風，
唉！倒在街頭廟角的貧民喲！
能不凍僵？

我想：
人同是一樣的人，
貧富這麼懸絕，
苦樂這麼不均，
唉！這麼一個萬惡的社會呀！
誰不懷恨？

——原載於《臺灣新民報》第三五〇號，一九三一年二月七日出版。
——選自《楊守愚作品選集・詩歌之部》（彰化縣立文化中心，一九九六年）

作者簡介

楊守愚（1905～1959），彰化人，本名楊松茂，另有筆名村老、洋、瘦鶴等，父親為前清武秀才，楊守愚幼承庭訓，曾拜郭克明、沈峻兩位名師習漢文，所以正式教育雖僅三年，但漢學根柢深厚。與賴和同鄉又相交至深，日本總督府禁中文後，兩人同組漢詩社「應社」，希望能延續斯文，並以詩消憂抒鬱。戰後執教於彰化高工（現改名彰化師大附工），為學校撰寫校歌，一生都奉獻於文化教育。

日治時期中文作家中作品最多的一位就是楊守愚，他寫舊詩、新詩、小說，也創作劇本，題材廣泛，觸及當時政治、經濟、法律、習俗各層面，有的陳述封建社會下女性的悲哀，有的表現勞工階層的困境，有時描述知識分子的掙扎，完整記錄了日據下臺灣社會的變貌，歷史的斑駁面影。二十一世紀初，彰化縣立文化中心為其出版全集。

延伸閱讀

1 羊子喬、陳千武：《光復前台灣文學全集》，臺北：遠景出版公司，1982。
2 羊子喬：〈光復前台灣新詩論〉，見《亂都之戀》等書之序，臺北：遠景出版公司，1982。
3 李南衡：《日據下台灣新文學》，臺北：明潭出版社，1979。

4 楊守愚：《楊守愚全集》，彰化縣立文化中心，2001。

5 楊守愚：《楊守愚日記》，彰化縣立文化中心，1998。

6 施懿琳編：《楊守愚作品選集——詩歌之部》，彰化縣立文化中心，1996。

黑潮集

楊華

●

洶湧的黑潮有時把長堤沖潰。
點滴的流泉有時把磐石滴穿。

●

聲聲的被生命追迫著的人們的慘呼聲，
是荊棘的刺？
是雪花般寶劍的鋒芒？
一聲聲的穿透了我的心房。

●

池魚逃不回大海，
魚呀！你盼望著洪水嗎？

籠鳥逃不回森林，
鳥呀！你盼望著大火嗎？

●

莽原太曠闊了，
夕陽又不待人的斜下去了，
唉！走不盡的長途呵！

——原載於《臺灣新文學》第二卷第二號、三號，一九三七年一月三十一日、三月六日出版。

——選自《黑潮集》（桂冠圖書公司，二〇〇一年）

小詩

楊華

人們看不見葉底的花，
已被一隻蝴蝶先知道了。

●

深夜裡——殘荷上的雨點，
是遊子的眼淚呵！

●

人們散了後的秋千，
閒掛著一輪明月。

●

——原載於《臺灣民報》第一四一號，一九二七年一月二十三日出版。

——此詩為「新竹青年會」藉《臺灣民報》向島內詩人徵求白話詩，榮獲第二名作品。

——選自《黑潮集》（桂冠圖書公司，二〇〇一年）

作者簡介

楊華，本名楊顯達，字敬亭，一九〇六年八月九日生，一九三六年五月三十日卒，原籍臺北，後移居屏東市，以教授漢文為生，一生貧困。他的筆名還有楊花、器人，他的白話詩絕大部分都是小詩，受到冰心、梁宗岱極大的影響。他也以臺語創作詩歌，留下的各類詩作約二十餘首。一九三四年和一九三五年，他發表了〈一個勞動者的死〉和〈薄命〉兩篇小說，〈薄命〉旋即被胡風選入一九三六年四月出版的《山靈：朝鮮台灣短篇小說選》，同時入選的還有呂赫若的〈牛車〉和楊逵的〈送報伕〉，不過，這時他已罹患末期肺結核絕症，貧病交迫，終於投繯自盡，得年三十。

楊華重要的詩作是〈小詩〉、〈黑潮集〉、〈女工悲曲〉、〈晨光集〉，莫渝在二〇〇一年為楊華整理著作出版《黑潮集》（桂冠圖書，2001），是目前最完善的楊華全集，只得薄薄一百二十頁。莫渝說：「楊華立足現實主義，感受到臺灣話文的需要，從報章書籍汲取中國新文學（白話新詩）的營養，以小詩作為傳遞苦悶、抗議冤屈的心聲。」「啟蒙期的臺灣新文學作家群，楊華在新詩的創作力與創作量最值得注目；他以海洋潮流為詩集《黑潮集》之名，更令人敬仰他『親近臺灣』、『環抱臺灣』的熱忱。」（見《黑潮集》第20頁，桂冠圖書，2001）。

延伸閱讀

1 林載爵：〈黑潮下的悲歌——詩人楊華〉，見《日據下台灣新文學．詩選集》，臺北：明潭出版社，1979。

2 黃武忠：〈薄命詩人——楊華〉，見《日據時期台灣新文學作家小傳》，臺北：時報文化公司，1980。

3 羊子喬：〈歷史悲劇的控訴——楊華詩中的悲觀意識〉，見《蓬萊文章台灣詩》，臺北：遠景出版社，1983。

4 羊子喬：〈向歷史悲劇控訴的詩人——楊華〉，見《神秘的觸鬚》，臺北：台笠出版社，1996。

5 許俊雅：〈薄命詩人楊華及其作品〉，見《台灣文學散論》，臺北：文史哲出版社，1994。

6 莫渝：〈鐵窗與秋愁——楊華作品研究〉，見桂冠版《黑潮集》，2001。

茉莉花

水蔭萍

被竹林圍住的庭園中有亭子　玉碗、素英、皇炎、錢菊、白武君　這些菊花使庭園的空氣濃暖芳郁　從枇杷的葉子尺蠖垂下金色的絲　月亮皎皎地散步於　十三日之夜
丈夫一逝世Frau J.就把頭髮剪了　白喪服裡妻子磨了指甲　嘴唇飾以口紅　描了細眉
這麼姣麗的夫人對死去的丈夫不哭　她只是晚上和月亮漫步於亡夫的花園
從房間漏出的不知是普羅米修斯的彈奏或者拿波里式的歌曲跳躍在白色鍵盤上……
Frau J.把杜步西放在電唱機上
亭內白衣的斷髮夫人搖晃著珍珠耳飾揮動指揮棒
菊花的花瓣裡精靈在呼吸
夫人獨自潸潸然淚下　粉撲波動　沒有人知道投入丈夫棺槨中的黑髮
不哭的夫人遭受各種誤會　為要和丈夫之死的悲哀搏鬥　畫了眉而紅唇豔麗
那悲苦是誰也不知道的

夫人仰起臉
長睫毛上有淡影
蒼白的唇上沒有口紅　戴在耳邊髮上的茉莉花把白色清香拖向夜之中

——一九三四年十二月

譯註：Frau是德語妻子、戀人、夫人之意。（本詩為葉笛譯）

——選自《水蔭萍作品集》（一九九五年）

作者簡介

水蔭萍，本名楊熾昌，一九〇八年出生於日據下的臺南州。臺南州立第二中學（今臺南一中）畢業，一九三〇到三一年間赴東京大東文化學院攻讀日本文學，因父病而中輟，後以函授方式完成學業。戰前著有詩集《熱帶魚》、《樹蘭》，戰後著有詩文集《紙魚》、詩集《燃燒的臉頰》，一九九五年呂興昌編輯的《水蔭萍作品集》可以窺其全貌。

一九三三年楊熾昌在臺南集合李張瑞、林永修、張良典等七人組成「風車詩社」，推動超現實主義詩風。詩社取名為「風車」，是因為楊熾昌素來嚮往荷蘭風光，且對臺南七股、北門地區的鹽田架設風車的家鄉印象深刻，要「對臺灣詩壇鼓吹新風」。從此，楊熾昌連續發表前衛詩論，討論「新精神」，介紹世界詩壇新動向以及現代詩的革新之道，造成極大的震撼力。

交大劉紀蕙教授認為楊熾昌堅持拒絕進入新文學陣營的理性與組織化機器，拒絕身分認同被固定化，所以才能拓展出早期臺灣文學中罕見的深入意識「異常為」之境。

延伸閱讀：

1 林佩芬：〈永不停息的風車——訪楊熾昌先生〉，見文訊雜誌第9期，1984。

2 劉紀蕙：〈殖民處境的負面書寫——平靜愉悅麻木之下的屍骸、腐敗與血腥〉，中央日報副刊，2000.12.26～27。

3 劉登翰：〈楊熾昌與風車詩社〉，見《台灣文學史》，頁538～548，海峽文藝出版社，1991。

4 陳千武：〈茉莉花印象——讀楊熾昌的詩〉，民族日報第23版，1995.5.20。

5 莫渝：〈尼姑〉，見《閱讀台灣散文詩》，苗栗縣立文化中心，頁132～135，1997.12。

追求

覃子豪

大海中的落日
悲壯得像英雄的感嘆
一顆星追過去
向遙遠的天邊

黑夜的海風
颳起了黃沙
在蒼茫的夜裡
一個健偉的靈魂
跨上了時間的快馬

——一九五〇年八月於花蓮港

貝殼（I）

覃子豪

詩人高克多說
他的耳朵是貝殼
充滿了海的音響
我說
貝殼是我的耳朵
我有無數耳朵
在聽海的秘密

——一九五二年

吹簫者

覃子豪

吹簫者木立酒肆中

他臉上纍集著太平洋上落日的餘暉
而眼睛卻儲藏著黑森林的陰暗
神情是凝定而冷肅
他欲自長長的管中吹出
山地的橙花香

他有弄蛇者的姿態
尺八是一蛇窟

七頭小小的蛇潛出
自玲瓏的孔中
繞在他的指間
昂著頭，飢餓的呻吟

是飢餓的呻吟，亦是悠然的吟哦
悠然的吟哦是為忘懷疲倦
柔軟而圓熟的音調
混合著夜的淒冷與顫慄

是酩酊的時刻
所有的意志都在醉中
吹簫者木立
踩自己從不呻吟的影子於水門汀上
像一顆釘，把自己釘牢於十字架上
以七蛇吞噬要吞噬他靈魂的欲望
且欲飲盡酒肆欲埋葬他的喧嘩

他以不茫然的茫然一瞥
從一局棋的開始到另一局棋的終結
所有的飲者鼓動著油膩的舌頭
喧嘩著，如眾卒過河

一個不曾過河的卒子
是喧嘩不能否定的存在
每個夜晚，以不茫然的茫然
向嘵嘵不休的誇示勝利的卒子們
吹一闋鎮魂曲

——以上選自《覃子豪全集》第一輯，一九六五年詩人節出版。

作者簡介

覃子豪，本名覃基，四川廣溪人，一九一二年生，一九三一年入北平中法大學孔德學院。一九三五年東渡日本，入東京中央大學，一九三八年畢業返國，一九三九年出版詩集《自由的旗》、一九四四年於福建出版詩集《永安劫後》。一九四七年來臺，先後任職物資調節委員會及省政府糧食局。一九五三年與鍾鼎文、余光中等籌組藍星詩社，於公論報編輯「藍星週刊」，一九六三年因癌症逝世。在臺出版的詩集有《海洋詩抄》（新詩週刊社，1953）、《向日葵》（藍星詩社，1955）、《畫廊》（藍星詩社，1962），另有散文、論述等，後均收入《覃子豪全集》一二三輯中（1965～1974）。

其為人熱誠奮勉，為後輩所敬仰；所創設之藍星詩社與紀弦之現代詩社為臺灣早期之現代詩壇的兩大支柱，覃氏作風平穩、風格獨立，與風靡一時之現代派運動遂生相抗衡的作用。「其詩風深沉、精細見稱」、「講求表現上的準確性」、「充溢著親和的力量」（見瘂弦、張默主編之《六十年代詩選》，臺北：大業，1961）。

延伸閱讀

1 蕭蕭編：〈一個偉健的靈魂跨上了時間的快馬〉（紀念覃子豪逝世十五週年），《現代名詩品賞集》，臺北：聯亞，1984，頁159～196。

2 呂正惠：〈覃子豪「海的詠嘆」、「金色面具」、「吹簫者」、「黑水仙」、「域外」、「瓶之存在」等詩之賞析〉，見林明德等編《中國新詩賞析》（二），臺北：長安出版社，1981。

3 張漢良：〈覃子豪「過黑髮橋」賞析〉，張漢良、蕭蕭編《現代詩導讀》（一），臺北：故鄉出版社，1979。

4 蕭蕭：〈覃子豪「構成」賞析〉，張漢良、蕭蕭編《現代詩導讀》（一），臺北：故鄉出版社，1979。

5 覃子豪：〈新詩向何處去〉，藍星詩選創刊號，1957.8.4。

6《覃子豪全集》一二三輯（臺北：覃子豪全集出版委員會，1965、1968、1974按序各出一輯），含《詩的解剖》（臺北：藍星詩社，1958）、《論現代詩》（臺北：藍星詩社，1960）、《詩的表現方法》（臺中：普天，1967）等三本詩論、新詩集、譯詩等。

7與6

紀弦

拿著手杖 7
咬著煙斗 6
數字7是具備了手杖的形態的。
數字6是具備了煙斗的形態的。
於是我來了。

手杖7+煙斗6=13之我

一個詩人。一個天才。
一個天才中之天才。
一個最最不幸的數字！

唔，一個悲劇。
悲劇悲劇我來了。
於是你們鼓掌，你們喝采。

——一九四三年

阿富羅底之死

紀弦

把希臘女神Aphrodite塞進一具殺牛機器裡去
　　切成
　　塊狀

把那些「美」的要素
抽出來
製成標本；然後
　　　　一小瓶
　　　　一小瓶
分門別類地陳列在古物博覽會裡，以供民眾觀賞

並且受一種教育

這就是二十世紀：我們的

——一九五七年

——選自《六十年代詩選》（張默、瘂弦編，大業書店，一九六一）

譯註：阿佛洛狄忒（希）。即羅馬神話中的維納斯，愛神。執意不肯接受宙斯的求愛，宙斯便將她婚配給自己醜陋殘廢的兒子。她對丈夫不忠，與戰神阿瑞斯和安基塞斯私通。後來，因愛戀美少年阿多尼斯，離開奧林匹斯山。以「美貌之神」、「愛情之母」、「歡笑女王」、「美麗而歡快的情婦」、「宮妓的守護神」而著名。

狼之獨步

紀弦

我乃曠野獨來獨往的一匹狼。
不是先知，沒有半個字的嘆息。
而恆以數聲悽厲已極之長嘷，
搖撼彼空無一物之天地，
使天地戰慄如同發了瘧疾；
並刮起涼風颯颯的，颯颯颯颯的：
這就是一種過癮

——選自《紀弦自選集》（黎明出版社，一九七八）

作者簡介

紀弦，本名路逾，字越公，筆名有青空律、路易士等。祖籍陝西，一九一三年生於河北清苑，上海為其第二故鄉。身長如檳榔樹、蓄短髭，常攜一手杖。一九二九年開始寫詩，一九三三年蘇州美專畢業，一九三四年在上海創辦《火山》詩刊，一九三六年留學日本，一九四八年來臺。執教於成功中學，一九五三年創辦《現代詩》季刊，一九五六年組「現代派」，一九六四年退休，一九七六年移居美國加州。

著有詩集《在飛揚的時代》（寶島文藝社，1951，四十一頁）、《紀弦詩甲集》（1952）《紀弦詩乙集》（1952）、《青春之歌》（合集，1953）、《摘星的少年》（1954）、《無人島》（1956）、《飲者詩抄》（1963）、《檳榔樹甲集》（1967）、《檳榔樹乙集》（1967）、《檳榔樹丙集》（1967）、《檳榔樹丁集》（1969）、《檳榔樹戊集》（1974）、《晚景》（爾雅，1985）、《半島之歌》（現代詩，1993）、《第十詩集》（九歌，1996）、《宇宙詩鈔》（書林，2001）及《紀弦詩選》（光啟，1965）、《紀弦自選集》（黎明，1978）、《紀弦詩拔萃》（九歌，2002），及評論、散文等二十餘部。近已由聯合文學出版其回憶錄三冊，共五十萬餘字。

紀弦的詩齡已超過七十年，初寫詩時受戴望舒的影響，來臺後組「現代派」，主張「橫的移植」，掀起臺灣的現代詩運動。其詩作題材廣泛、手法獨特，「時呈飛躍之姿」（見《六十年代詩選》）。或「滑稽玩世」，或「豁達超世」，晚近則「以『溫柔敦厚』的詩教為依歸，表現了詩與自然渾然一體的境界。」（羅青〈俳偕幽默論紀弦〉，見《從徐志摩到余光中》一書，爾雅，1978）。

延伸閱讀

1 陳全得：〈紀弦其人及其詩作之分析〉，《台灣《現代詩》研究》，國立政治大學中國文學系博士論文，1998。

2 李瑞騰：〈釋紀弦的「狼之獨步」與「過程」〉，《詩的詮釋》，臺北：時報文化，1982。另見《新詩學》，臺北：駱駝，1997。文中比較〈狼之獨步〉之舊作版本，可參看。

3 李瑞騰：〈張愛玲論紀弦〉，《詩的詮釋》，臺北：時報文化，1982。

4 紀弦：〈現代派六大信條〉，《現代詩》13期，1956.6。

5 紀弦：〈最後的詩論〉，《現代詩》復刊號第1期，臺北：現代詩社，1982.6，頁3～6。

6 白萩：〈在舊金山與紀弦話詩潮〉，《笠》171期，1992.10。

7 陳玉玲：〈紀弦與《現代詩》詩刊之研究〉，《台灣文學觀察雜誌》第4期，臺北：台灣文學觀察雜誌社，1991.11，頁3～33。

8 楊牧：〈關於紀弦的現代詩與現代派〉，《現代文學》第46期，臺北：現代文學雜誌社，1972.3，頁86～103。

9 楊宗翰：〈中化「現代」——紀弦、現代詩與現代性〉。《中外文學》第30卷第1期，2001.6，頁65～83。

菩提樹下

周夢蝶

誰是心裡藏著鏡子的人呢？
誰肯赤著腳踏過他底一生呢？
所有的眼都給眼蒙住了
誰能於雪中取火，且鑄火為雪？
在菩提樹下。一個只有半個面孔的人
抬眼向天，以歎息回答
那欲自高處沉沉俯向他的蔚藍。

是的，這兒已經有人坐過！
草色凝碧。縱使在冬季
縱使跏趺者底跫音已遠逝
你依然有枕著萬籟

與風月底背面相對密談的欣喜。
　坐斷幾個春天？
　又坐熟多少夏日？
當你來時，雪是雪，你是你
一宿之後，雪既非雪，你亦非你
直到零下十年的今夜
當第一顆流星驍然重明

你乃驚見：
雪還是雪，你還是你
雖跏趺者底跫音已遠逝
唯草色凝碧。

作者謹按：佛於菩提樹下，夜觀流星，成無上正覺。

——選自《周夢蝶．世紀詩選》（爾雅出版社，二〇〇〇年四月）
——原收入《還魂草》（文星書店，一九六五；或領導出版社，一九七八）

逍遙遊

周夢蝶

北溟有魚，其名為鯤。鯤之大，不知幾千里也。化而為鳥，其名為鵬；鵬之背，不知幾千里也；怒而飛……

——莊子

絕塵而逸。回眸處
亂雲翻白，波濤千起；
無邊與蒼茫與空曠
展笑著如回響
遺落於我蹤影底有無中。

從冷冷的北溟來
我底長背與長爪

猶滯留著昨夜底濡濕；
夢終有醒時——
陰霾撥開，是百尺雷嘯。

昨日已沉陷了，
甚至鮫人底雪淚也滴乾了；
飛躍啊，我心在高寒
高寒是大化底眼神
我是那眼神沒遮攔的一瞬。

不是追尋，必須追尋
不是超越，必須超越——
雲倦了，有風扶著
風倦了，有海托著
海倦了呢？隄倦了呢？
以飛為歸止的

仍須歸止於飛。
世界在我翅上
一如歷歷星河之在我膽邊
浩浩天籟之出我脇下……

——選自《還魂草》（領導出版社，一九七八年）

藍蝴蝶

——擬童詩：再貽鷩子

周夢蝶

我是一隻小蝴蝶
我不威武，甚至也不絢麗
但是，我有翅膀有膽量
我敢於向天下所有的
以平等待我的眼睛說：
我是一隻小蝴蝶！

我是一隻小蝴蝶
世界老時
我最後老

世界小時
我最先小
而當世界沈默的時候
　世界睡覺的時候
我不睡覺
為了明天
　明天的感動和美
我不睡覺

你問為什麼我的翅膀是藍色？
啊！我愛天空
我一直嚮往有一天
我能成為天空。
我能成為天空麼？
掃了一眼不禁風的翅膀
我自問。
能！當然——當然你能

只要你想，你就能！
我自答：
本來，天空就是你想出來的
你也是你想出來的
藍也是
飛也是

於是才一轉眼
你已真的成為，成為
你一直嚮往成為的了——
當一陣香風過處
當嚮往愈仰愈長
而明天愈臨愈近
而長到近到不能更長更近時
萬方共一呼：
你的翅膀不見了！

你的翅膀不見了
雖然藍之外還有藍
飛外還有飛
雖然你還是你
一隻小蝴蝶，一隻
不藍於藍甚至不出於藍的

——一九八六年八月十四日藍星詩刊第九號
——選自《周夢蝶・世紀詩選》（爾雅出版社，二〇〇〇）

六月

周夢蝶

枕著不是自己的自己聽
隱約在自己之外
而又分明在自己之內的
那六月的潮聲

從不曾冷過的冷處冷起
千年的河床，瑟縮著
從臃腫的呵欠裡走出來
把一朵苦笑如雪淚
撒在又瘦又黑的一株玫瑰刺上

霜降第一夜。葡萄與葡萄藤
在相逢而不相識的星光下做夢
夢見麥子在石田裡開花了
夢見枯樹們團團歌舞著，圍著火
夢見天國像一口小麻袋
而耶穌，並非最後一個肯為他人補鞋的人

附註：小麻袋，巴黎聖母院女主角之母「女修士」之綽號。曾為娼。

——選自《還魂草》（領導出版社，一九七八年）

作者簡介

周夢蝶，本名周起述，河南淅川縣人，一九二一年二月十日生。祖父為晚清秀才，父早喪，依母成立，一九四三年就讀河南開封師範後輟學，為圖書管理員、小學教員各一年。一九四八年隨青年軍二〇六師工兵營來臺，一九五六年退役。一九五九年起於臺北市武昌街一段七號明星咖啡廳騎樓下鬻書糊口，直至一九八〇年才因胃病而結束營業。現蟄居新店五峰山下。

周氏自一九五二年開始發表詩作，軍中退伍後即加入「藍星詩社」，一九五九年出版第一本詩集《孤獨國》（臺北：自印，63頁）後，即奠定了他在詩壇的地位，一九六五年出版詩集《還魂草》（臺北：文星，153頁；臺北：領導，1978，206頁），遲至二〇〇〇年才出版《周夢蝶．世紀詩選》（臺北：爾雅）。

自稱「生下來就是個小老頭」的周氏，與「愚人」二字有不解情緣，不論一九五九年在武昌街鬻書為生，一九八〇年結束，均選在「愚人節」那天。即使二〇〇二年終於出版另二本詩集：《約會》（九歌）、《十三朵白菊花》（洪範），亦選在此日交出書稿。他曾說：「此生友誼的債永遠還不完，我必須馱著這感謝和淚直到永遠。」出書亦為償「債」而來。周氏以「一切已然，必屬本然、必然與當然」為人生之解讀，可謂深得禪悟。

其為人寡言少語、淡泊名利，晚年亦未嘗稍改。其詩風乃「以哲思心凝鑄悲苦」「有著一份遠離人間煙火的明淨與堅凝」（見《還魂草》葉嘉瑩的序，另見文星雜誌第16卷第3期，一九六五年三月），「從沒有一個人像周夢蝶那樣贏得更多純粹心靈的迎擁與嚮往」（見《七十年代詩選》，大業，1967）。

延伸閱讀

1 洛夫：〈試論周夢蝶的詩境——兼評《還魂草》〉，文藝月刊2期，1969.8。
2 余光中：〈一塊彩石就能補天嗎？——周夢蝶詩境初窺〉，中央日報，1990.1.6。
3 曾進豐：《周夢蝶詩研究》，師大國研所碩士論文，1997.6。
4 朱炎周：〈夢蝶的詩藝與氣質〉，中華日報，1997.9.29~30。
5 羅青：〈周夢蝶的「十月」〉，見《從徐志摩到余光中》，臺北：爾雅出版社，1978。
6 黃粱：〈詩中的「還魂」之思——周夢蝶作品二闋試析〉，臺灣詩學季刊第15期，1996.6。
7 周氏另有兩首〈六月〉，可參見《還魂草》，臺北：領導出版社，1978。
8 劉永毅：《周夢蝶——詩壇苦行僧》（傳記），臺北：時報文化出版公司，1998。

Affair

詹冰

1
男
女

2
男
女

3
男
女

4
男
女

5
男
女

6
男
女

7
男
女

——一九四三年

插秧

水田是鏡子
照映著藍天
照映著白雲
照映著青山
照映著綠樹

農夫在插秧
插在綠樹上
插在青山上
插在白雲上
插在藍天上

——一九六三年

詹冰

作者簡介

詹冰，本名詹益川，臺灣省苗栗縣卓蘭人。一九二一年七月八日生，省立臺中一中、日本明治藥專畢業（一九四三年）。高中時即嘗試俳句寫作，日文詩〈五月〉、〈在澀民村〉和〈思慕〉分別於一九四三、四四年被推薦發表於日文刊物《若草》。一九五八年擔任中學教員，嘗試將日文詩改譯成中文，後與林亨泰、桓夫等於一九六四年六月十五日創辦《笠詩刊》。曾出版詩集《綠血球》（原為日文，作於一九四三至一九四六年間；臺中：笠詩刊社，1965）、《實驗室》（臺北：笠詩刊社，1985）、《詹冰詩選集》（臺北：笠詩刊社，1993）及童詩集《太陽·蝴蝶·花》（臺北：成文，1981）。

詹氏早年曾屬「現代派」的詩人，其詩風前期「充滿激越前衛的知性色彩」，嘗試各種實驗，晚期則漸「回歸純樸的赤子之心」（莫渝〈笠詩人小評〉，見《笠下的一群》頁93，臺北：河童，1999）。

延伸閱讀

1 莫渝：〈六〇年代台灣的鄉土詩〉第三節，見《笠下的一群》，臺北：河童出版社，1999。
2 蕭蕭：〈詹冰「雨」導讀〉，見《現代詩導讀》（一），臺北：故鄉出版社，1979。
3 張漢良：〈詹冰「五月」導讀〉，同註2。

4 羅青：〈詹冰的「水牛圖」〉，見《從徐志摩到余光中》，臺北：爾雅出版社，1978。
5 李敏勇：〈詹冰的詩：五月〉，見《台灣詩閱讀》，臺北：玉山社，2000。
6 阮美慧：《笠詩社跨越語言一代詩人研究》，東海大學中文研究所碩士論文，1996。

不眠的眼

桓夫

夜幕低垂在　橢圓形的世界
張開了橢圓形的　不眠的眼
　向上　向下　凝望著
　向左　向右　睨視著
迷失了方向　在混濁的四海
理智的輪舵不靈了　不靈了

那些　肩膀和背脊和腰
以及那些裙裾都印上
了編排得不規則　的
無數隻不眠的眼　不

眠的眼圍繞著微妙的
線條　圍繞著神祕的夜

世界縮小了　且逐漸地分裂
成為無數珠玉的　不眠的眼
　向左　向右　睜視著
向上　向下　瞻望著
迸出了星光　我耐心地雕琢
長夜的礦山崩潰了　崩潰了

咀嚼

桓夫

下顎骨接觸上顎骨，就離開。把這種動作悠然不停地反覆。牙齒和牙齒之間挾著糜爛的食物。（這
叫作咀嚼）。
——就是他，會很巧妙地咀嚼。不但好咀嚼，而味覺神經也很敏銳。

剛誕生不久且未沾有鼠嗅的小耗子。
或滲有鹼味的蚯蚓。
或特地把蛆蟲叢聚在爛豬肉，再把吸收了豬肉的營養的蛆蟲用油炸……。
或用斧頭敲開頭蓋骨，把活生生的猴子的腦汁……。

——喜歡吃那些怪東西的他。
下顎骨接觸上顎骨，就離開。——不停地反覆著這種似乎優雅的動作的他。

喜歡吃臭豆腐，自誇賦有銳利的味覺和敏捷的咀嚼運動的他。
坐吃了五千年歷史和遺產的精華。
坐吃了世界所有的動物，猶覺饕然的他。
在近代史上
竟吃起自己的散漫來了。

風箏

桓夫

是妳繫住我
咱們之間　才造成如此
分不開的關係——
　任妳主宰
　任妳擺布
我仍然　高高在上

您緊緊
掌握著我的生命線
還煩惱什麼？
是不是握緊

怕我墮落自殺？
是不是放鬆
　怕我斷奶高飛？

唯有風同情我
　支持我向上
調節我的高度
越高　看的世界越廣

然而　妳卻在風中
布置暗線
牽制我
牽制我不要越境去愛雲

——以上選自《陳千武作品選集》（臺中縣立文化中心，一九九〇年）

作者簡介

桓夫，本名陳武雄，另以陳千武之名從事翻譯工作，臺灣南投縣名間人，一九二二年生。日據下臺中一中畢業，曾任職林務局管理處、臺中市政府庶務股長、臺中市立文化中心主任及博物館長，臺灣筆會會長。曾出版日文詩集《徬徨的草笛》（1940）、《花的詩集》（1942）等；一九五八年開始以中文創作，著有詩集《密林詩抄》（1964）、《不眠的眼》（1965）、《野鹿》（1969）、《剖伊詩稿》（1974）、《媽祖的纏足》（1974）、《愛的書籤詩畫集》（1988）、《寫詩有什麼用》（1990）、《陳千武精選詩集》（桂冠2001）、《陳千武集國立臺灣文學館2008）等多部。主編《亞洲現代詩集》共五集，將臺灣詩篇譯成日文，在日本出版《華麗島詩集》（1970）、《台灣現代詩集》（1979）等。

詩人自述其詩觀，是「對於飛翔自由世界的夢幻，樹立理想鄉的憧憬」，而必須「認識自我，探求人存在的意義，將現存的生命連續於未來，為具備持久性的真、善、美而努力」。為了追求這一理想，詩人常感受到「現實的醜惡，常變成一種壓力，以各種不同的手段，挾持著人存在的實際生活，導誘人於頹廢，甚至毀滅的黑命運裡，迷失了自己。」因此，桓夫「自覺某些反逆的精神」，以寫詩「意圖拯救善良的意志與美。」（見《陳千武作品選集》代序二）一生為臺灣新詩的存續而奮鬥，全力為臺灣新詩的推廣而奮鬥，這樣的詩觀正是維繫其精神於不懈的原發力量。

延伸閱讀

1 陳千武：《陳千武作品選集》，臺中縣立文化中心，1990。

2 古添洪：〈論桓夫的（泛）政治詩〉，見《中外文學》第197期，1988.10。

3 陳靜玉：《陳千武及其現代詩研究》，國立高雄師範大學國文所碩士論文，2001。

4 旅　人：〈中國新詩論史（十三）——「桓夫與杜國清」〉，笠詩刊第136期，頁58～64，1986.12。

5 趙天儀：〈論詩人桓夫及其作品〉，笠詩刊第133期，頁68～73，1986.6。

6 游麗芳：《陳千武詩之意象研究》，高雄師範大學國文教學碩士班碩士論文，2006。

7 陳素蘭：《陳千武的文學人生》，時報出版，2004。

8 蔡秀菊：《文學陳千武：陳千武的創作歷程與作品分析》，晨星出版，2004。

按摩者

林亨泰

他雖是瞎了眼
但卻沒有黑暗的夜間
當日沒街衢沈靜的時候
是為了給誰聽呢？
好像牧羊神一樣
陶醉於吹著蘆笛

但他的任務
卻是給走馬似的女人
消滅遊街後的腳瘦
給過飽的富豪

按摩著多油的大腹
給兇猛的打手
暢流那凝結著的血管

假如做得到
他要捏死這些惡魔
為了他是離開了一切的幸福

——原載《新生報・橋副刊》一〇八期，一九四八年四月三十日，林曙光漢譯，原日文未見。
——選自《林亨泰全集一》（彰化縣立文化中心，一九九七年）

風景No.2

林亨泰

防風林　的
外邊　還有
防風林　的
外邊　還有
防風林　的
外邊　還有

然而海　以及波的羅列
然而海　以及波的羅列

——原載《創世紀》十三期，一九五九年十月。後收入《林亨泰詩集》，再收於《見者之言》。
——選自《林亨泰全集二》（彰化縣立文化中心，一九九七年）

爪痕集之五

林亨泰

慢慢地
被吃掉果肉之後
給人任意丟棄的
龍眼果核

垃圾堆裡
像隻瞪大的眼睛

埋怨地
看著滿地的果殼

——選自《林亨泰全集三》（彰化縣立文化中心，一九九七年）

作者簡介

林亨泰，臺灣彰化縣人，一九二四年十二月十一日出生，臺灣師範大學教育學系畢業，曾任北斗中學、彰化高工等中學教師二十五年。退休後在中部各大學教授日文。

「跨越語言的一代」，林亨泰以此指稱自己和所有由日文改為中文書寫的臺籍詩人，他說：「相較於這種文字表現上的痛苦，更加無法抹滅的是，在這段漫長的歲月裡，我們跨越了戰前由日本軍閥所帶來的非生即死的生命賭注，猶如困獸一般體驗戰爭生涯的慘綠年少時代，以及戰後的二二八事件以來歷經四十年白色恐怖的憂鬱青壯時期。我要談的是，『跨越語言的一代』，尚且更是橫渡了『世界大戰』與『白色恐怖』這兩個大事件的一代。」（見《找尋現代詩的原點》自序，一九九四年六月，彰化縣立文化中心出版）。

對林亨泰作品搜羅最完整、研究最透徹的呂興昌教授，曾策劃出版《林亨泰研究資料彙編》二冊，《林亨泰全集》十冊，對研究林亨泰的學者具有相當大的便利。呂興昌在兩篇論文中，歸結林亨泰的詩路歷程時都說：「林亨泰之『起於批判——走過現代——定位本土』的創作歷程，正是臺灣新詩發展的一個典型縮影。」究其義，林亨泰「銀鈴會」（1942～1949）時期的「批判」是現實主義的精神，「笠詩社」時期（1964～）的「本土」是現實主義的內涵，「現代派」時期（1953～1964）的「現代」仍是以現實為其內容，只是透過現代主義手法、知性思考、形銷骨立的語言策略，給出心眼裡的現實，就因為給出的是心眼裡的現實，知性的現實，才可以支應真正現實中的千變萬化，才可以傳遞百代千世而依然是「真」的現實。林亨泰的現實反應不同於一般見事起興、聞雞起舞的淺薄現實主義者，因而才有這樣的讚辭：「他真摯地站在現實基礎上，並堅持知性視野，呈現了獨特的形象，堪稱臺灣戰後詩現實主義者的典範。」（林亨泰於一九九二年十月榮獲第二屆「榮後台灣詩獎」，此為詩獎讚辭）。

延伸閱讀

1 呂興昌：《林亨泰研究資料彙編》二冊，彰化縣立文化中心，1994。

2 《林亨泰全集》十冊，含創作卷三冊、論述六冊、譯詩一冊等，彰化縣立文化中心，1998出齊。

3 林亨泰：《見者之言》，彰化縣立文化中心，1993。

4 林亨泰：《找尋現代詩的原點》，彰化縣立文化中心，1994。

5 蕭蕭：〈台灣現實主義詩作的美學特質——以林亨泰為驗證重點〉，見台灣詩學季刊第37期，2001.11。

6 真理大學《福爾摩莎詩哲林亨泰文學會議論文集》，彰化縣文化局，2002。

笠娘

杜潘芳格

頂著笠
那女人走過去
向無盡頭且寬闊而遙遠的藍染原野走過去，
翻過一山，再翻過一山，進而跨向大海那邊。

再過去，再過去，
再過去的高山，過去的高山。

在廣東一帶，「客家笠」披著黑色遮日流蘇
飄飄吹拂著大地。
飄著，飄著。

那女人霎時間將頭上的笠拿下來翻開，
相思迷戀的貞女，花蕾般的貞女，
翻開的笠，裝滿了早春的櫻花，盛開的杜鵑花。
那女人搖幌嬌媚的身姿走過去，引誘著太陽光。
把引誘著太陽光的那豔麗的春天之花，從那女人的花筐一朵一朵
摘下來丟開。

——選自《朝晴》（笠詩刊社，一九九〇年）

作者簡介

杜潘芳格，一九二七年生，新竹新埔客家人，現居桃園中壢。一九三四年春入學新埔小學校，與日本人子弟共學，一九四三年四月新竹高女卒業，一九四八年與杜慶壽醫師結婚，《笠詩刊》同仁，曾任《台灣文藝》社長，獲第一屆陳秀喜詩獎。著有詩集《慶壽》（1977）、《淮山完海》（1986）、《朝晴》（1990）、《遠千湖》（1990），由《笠詩刊》社發行；《青鳳蘭波》（1993）、《芙蓉花的季節》（1997），前衛出版社發行。並有日文詩集《拯層》（高雄第一出版社，1988）行於世。

根據杜潘芳〈我的Identity〉記載，昭和二年（1927年）誕生於日本殖民地的臺灣，直到昭和二十年（1945），被灌輸日語，以日本人身份活過來。十九歲那年（1945）八月以後，成了中華民國國民，開始學習在新的制度與北京語之中生活，是開始結婚、育兒、組織家庭、賺錢，是無私無我作夢一般的建設家庭時代。一九五九年受越戰影響，開始作移民美國的打算，一九八二年五月獲得美國公民權，這時已經是半百以上的年紀了（見《朝晴》詩集輯二）。這樣三次更換國籍的臺灣女人命運，成為她詩作中心靈敏銳的最佳刺激，《八十七年詩選》選錄的〈蜥蜴〉：「從什麼時候就／棲息在我家院子的／蜥蜴，鮮綠搭配豔彩的變色龍／／因為羞於表達情感／幾千年來務實木訥／／它的視覺不是眼睛／是心靈。」陳義芝將此解讀為：「女性生活空間不大，只在院子裡；女性雖有豔彩，卻羞於表達情感；女性不以見識取勝，但有一顆細膩的心。用『變色龍』形容從前父權家庭中，女性必須隨時變色（掩飾情緒）的處境，非常深刻。」陳義芝還引用「葉子們／知道自己的清貧／也明白　自己的位置搖晃不安定／有時候確實也虛偽地裝扮自己」，證明能寫國語詩也能寫客家詩的杜潘芳格，她的優秀詩篇每有自覺女性的象徵。

延伸閱讀

1 杜潘芳格：《朝晴》，臺北：笠詩刊社，1990。

2 商禽、焦桐主編：《八十七年詩選》，臺北：爾雅出版社，頁125～126，1990。

3 阮美慧：《笠詩社跨越語言一代詩人研究》，東海大學中文所碩士論文，1996。

4 劉捷：〈杜潘芳格的詩觀〉，見笠詩刊第131期，頁10～12，1986。

5 李元貞：〈詩思深刻迷人的女詩人——杜潘芳格〉，見《文學台灣》第3期，頁68～77，1991。

6 林秀梅：〈悲情之繭——杜潘芳格作品研討會〉，見《文學台灣》第7期，頁199～213，1993。

7 黃秋芳：〈鮮花水鏡——靠近杜潘芳格的人和詩〉，文訊雜誌第132期，1996。

午夜聽蛙

向明

非吳牛
非蜀犬
非悶雷
非撞針與子彈交媾之響亮
非酒後怦然心動之震驚
非荊聲
非楚語
非秦腔
非火花短命的無聲噗哧
非瀑布冗長的串串不服
非梵唱

非琴音
非魔歌
非過客馬蹄之達達
非舞者音步之恰恰
非嬰啼、亦
非鶯啼
非呢喃、亦
非喃喃
非捏碎手中一束憤懣的過癮
非搗毀心中一尊偶像的清醒
非燕語
非宣言
非擊壞
非街頭示威者口中泡沫的飛灰煙滅
非番茄加雞蛋加窗玻璃的嚴重失血
非鬼哭
非神號

非花叫
非鳳鳴
非……
非非……
非非非……
非惟夜之如此燠熱
非得有如此的
不知所云

——原載一九八七年七月十二日《聯合報》副刊
——選自《水的回想》（九歌出版社，一九八八年）

隔海捎來一隻風箏

向明

就讓自己再年輕一次吧
臨老，你從隔海捎來一隻風箏
青綠的雙翅暗鑲虎形斑紋
迎風一張，竟若那隻垂天的大鵬
頎長的尾翼，拖曳出去
又是鳳凰來儀的莊重
暗示得好深長的一份期許
儼然，年輕時遺落的飛天大志
被你一頭捎了過來
要我再走一次年輕
可能麼？再一次年輕

風骨當然還是當年耐寒的風骨
又硬又瘦又多稜角的幾方支撐
稍一激動還是撲撲有聲
仍舊愛和朔風頑抗
好高騖遠不脫冥頑的一隻風箏
起落昇沉了多少次起落昇沉
居高不墜總羨日月星辰
愛恨割捨不了的是
那些拘絆拉扯的牽引

可能麼？也許可以再一次年輕
把蕭蕭白髮推成蕭颯草坪
放出白鴿、放出青鳥、放出囚禁的陰影
邀請風雨，邀請雷電，邀請旗幟
邀請一切愛在長空對決的諸靈
所有的啄喙，所有的箭矢
就請對準這隻老不折翼的風箏

看牠幾番騰躍，一路揚昇而上
看牠一個俯衝下去，從此捨身下去
時間在後面追成許多仰望的眼睛

附註：海峽對岸同名詩人向明，最近托人捎我一隻風箏，未附任何言語，揣度其用意，遂成此詩，聊作答謝。

——原載一九九二年六月十日《聯合報》副刊
——選自《隨身的糾纏》（爾雅出版社，一九九四年）

捉迷藏

向明

我要讓你看不見
連影子也不許露出尾巴
連呼吸也要小心被剪

我要讓你看不見
把所有的名字都塗成漆黑
讓詩句都悶成青煙

我要讓你看不見
絕不再伸頭探問天色
縮手拒向花月賒欠

我要讓你看不見
用蟬噪支開你的窺視
以禪七混淆所有的容顏

我要讓你看不見
像是鳥被卸下翅膀
有如麥子俯首秋天

終究，這世界還是太小
一轉身就被你看見了
你將我俘虜
用盡所有傳媒的眼線

——原載一九九三年九月十四日《中國時報》人間副刊
——選自《隨身的糾纏》（爾雅出版社，一九九四年）

作者簡介

向明，本名董平，一九二八年生，湖南長沙人。空軍通訊電子學校畢業，美國空軍電子研究中心結業，曾任藍星詩刊主編，中華日報副刊編輯，台灣詩學季刊社長、年度詩選編委，現為自由作家。曾獲中山文藝獎、國家文藝獎。著有詩集《雨天書》（藍星詩社，1959）、《五弦琴》（藍星詩社，1967）、《狼煙》（純文學，1969）、《青春的臉》（九歌，1982）、《水的回想》（九歌，1988）、《隨身的糾纏》（爾雅，1994），及《向明自選集》（黎明文化，1988）、《向明．世紀詩選》（爾雅，2000）等，及詩論、散文、兒童文學等多種。主編九歌版藍星詩刊八年期間，奮勉精進，提攜後進不遺餘力。

向明擅長自生活取材，處理手法清爽俐落，不沾不粘，常能以深入淺出、如針灸似的語言和意象，針砭人性和社會脈動，老而彌堅，後勁十足。每作詩，必「言之有物」，語言「用在刀口上，無意逞才而大肆鋪張」（余光中語，見詩集《隨身的糾纏》附錄）。

延伸閱讀

1 洛夫：〈試論向明的詩〉，中華日報副刊，1983.1.5。
2 蕭蕭：〈向明的詩與生活美學〉，台灣詩學季刊第11期，1995.6。
3 謝嗅：〈試用語言詩派解讀向明的詩〉，同註2.。

4 沈奇：〈向晚愈明——評向明詩集《隨身的糾纏》〉，同註2.。

5 尹玲：〈剖析向明「門外的樹」之意涵結構〉，同註2.。

6 馮季眉：〈懂得等待的詩人——專訪向明〉，文訊第146期，1997.12。

7 陶保璽：〈論向明的詩〉，藍星詩學季刊第6期，2000.6。

8 吳當：《新詩的智慧》，計剖析向明詩作八首，臺北：爾雅出版社，1997。

9 向明得意的十首詩：〈富貴角之晨〉、〈靶場那邊〉、〈瘤〉、〈吊籃植物〉、〈馬尼拉灣的落日〉、〈午夜聽蛙〉、〈隔海捎來一隻風箏〉、〈捉迷藏〉（以上見《向明．世紀詩選》，臺北：爾雅出版社，2000）、〈太師椅〉（中國時報人間副刊，1998.9.17）、〈大戈壁〉（中國時報人間副刊，2000.10.9）。

踢踢踏

余光中

踢踢踏
　踏踏踢
給我一雙小木屐
讓我把童年敲敲醒
像用笨笨的小樂器
　從巷頭
　到巷底
　踢力踏拉
　踏拉踢力
　　踢踢踏

踏踏踢
給我一雙小木屐
童年的夏天在叫我
去追趕別的小把戲
從巷頭
到巷底
踢力踏拉
踏拉踢力

跺了蹬
蹬了跺
給我一雙小木拖
童年的夏天真熱鬧
成群的木拖滿地拖
從日起
到日落
剁了蹬蹬

蹬了跺跺
　踢踢踏
　　踏踏踢
給我一雙小木屐
魔幻的節奏帶領我
走回童話的小天地
　從巷頭
　到巷底
踢力踏拉
踏拉踢力

——一九八二年五月十二日

——選自《紫荊賦》（洪範書店，一九八六年七月）

甘地紡紗

余光中

季候風過後的下午
在深不可及的內陸
一架古老的紡紗機
伊呀伊呀地唱著
一首單調的童謠
在鐵軌不到的內陸
在一條土路的盡頭
在泥敷的竹屋子裡
伊呀伊呀地搖著
一種溫柔的節奏
那推動機柄的瘦手

一圈又一圈不罷休
一綹又一綹的輕絮
像倦了的孩子，紛紛
偎滿在他的懷裡
在炎熱無風的傍晚
那伊呀伊呀的調子
用催眠一樣的拍子
在搖著一支戰歌
盤腿而坐的那老頭
瘦而有力的那隻手
正搖動他的笨武器
去抵抗曼徹斯特
所有的馬達和汽笛
而這最天真的戰歌
手肘和紡車的私語
近處的蚊子和壁虎
遠處的蠍子和響尾蛇

幾乎是整個內陸
都出神地靜聽

後記：看電影「甘地」，深受感動，又去翻閱了幾種甘地的傳記。（已經出版的甘地傳，在四百種以上。）印度學者梅達所著「甘地與使徒」（Mahatma Gandhi And His Apostles）第一章敍述聖雄晚年，在印度內陸的塞瓦格蘭修隱所（Sevagram Ashram），每次紡紗，可得四百二十碼。該地悶熱，氣溫高達華氏一百二十度，但季候風一來，便成澤國。因為甘地嚴禁殺生，所以一任蟲蛇自由來去，村民不敢加害。民國七十二年五月二十六日於沙田。

——選自《紫荊賦》（洪範書店，一九八六年）

五行無阻

余光中

任你，死亡啊，謫我到至荒至遠
到海豹的島上或企鵝的岸邊
到麥田或蔗田或純粹的黑田
到夢與回憶的盡頭，時間以外
當分針的劍影都放棄了追蹤
任你，死亡啊，貶我到極暗極空
到樹根的隱私蟲蟻的倉庫
　也不能阻攔我
回到正午，回到太陽的光中
或者我竟然就土遁回來
當春耕翻破第一塊凍土
　你不能阻攔我

從犁尖和大地的親吻中躍出
或者我竟然就金遁回來
當鶴嘴啄開第一塊礦石
　你不能阻攔我
從剛毅對頑強的火花中降世
或者我竟然就木遁回來
當鋸齒咬出第一口樹漿
　你不能阻攔我
從齒縫和枝柯的激辯中迸長
或者我竟然就火遁回來
當霹靂掷下第一閃金叉
　你不能阻攔我
從驚雷和迅電的宣誓中胎化
或者我竟然就水遁回來
當高潮激起第一叢碎浪
　你不能阻攔我
從海嘯和石壁的對決中破羊

即使你五路都設下了寨
金木水火土都閉上了關
城上插滿你黑色的戰旗
也阻攔不了我突破旗陣
那便是我披髮飛行的風遁
風裡有一首歌頌我的新生
　頌金德之堅貞
　頌木德之紛繁
　頌水德之溫婉
　頌火德之剛烈
　頌土德之渾然
唱新生的頌歌，風聲正洪
你不能阻我，死亡啊，你豈能阻我
回到光中，回到壯麗的光中

——一九九一年九月二十五日

——選自《五行無阻》（九歌出版社，一九九八年十月）

荷蘭吊橋

——梵谷百年祭

余光中

一座鏗鏗的吊橋，纜索轆轆
連接小運河的兩岸，當初
你就是從此地過河
走向一盞昏黃的油燈
去找圍坐著一張小桌子
吃馬鈴薯的那一家農人嗎？
你真的這麼走過橋去
走向不能愛你的女人
走向深於地獄的礦坑
走向娜莎的驚呼，高敢的冷笑
手裡亮著帶血的剃刀

走向瘋人院深邃的長廊
向回不了頭的另一世界
走向悶熱的拉馬丁廣場
走向寂寞的露天酒座
和更加寂寞的星光，月光
七月來時，走向田野的金黃
向騷動的鴉群，洶湧的麥浪
為何你舉起的一把
不是畫筆，是手槍？

那一響並沒有驚醒世界
要等一百年才傳來回聲
於是五百萬人都擠過橋去
去擠滿旅館，餐館，美術館
去蠕蠕的隊伍裡探頭爭看
看當初除了你弟弟

沒有人肯跟你
過橋去看一眼的
向日葵
鳶尾花
星光夜
那整個耀眼的新世界

——一九九〇年四月六日
——選自《安石榴》（洪範書店，一九九六年四月）

作者簡介

余光中，福建永春人，一九二八年九月九日出生於南京市。一九四九年於廈門《星光》、《江聲》發表詩作及短評。一九五二年國立臺灣大學外文系畢業，同年出版處女詩集《舟子的悲歌》。一九五八年赴美進修，一九五九年獲美國愛荷華大學藝術碩士。此後歷任臺灣師範大學、臺灣大學、政治大學、香港中文大學教授，先後赴美講學四年、後任國立中山大學文學院院長，現任該大學講座教授。一九五四年與覃子豪等人共創藍星詩社。曾獲中山文藝獎、吳三連文藝獎、國家文藝獎，著譯豐富，達五十餘冊，橫跨詩、散文、評論、翻譯等多領域，詩選集即有《余光中詩選（一九四九～一九八一）》（洪範，1981）及《余光中詩選第二卷（一九八二～一九九八）》（洪範，1998）。

余氏詩風多變，格局開闊、不拘於一隅，每遊走、奔突於家國、土地及世界之邊緣，都能大開大闔，作必要之審視、穿透及轉折，引領詩壇風騷，影響遍及兩岸。

延伸閱讀

1 黃維樑編：《火浴的鳳凰——余光中作品評論集》，臺北：純文學出版社，1979。

2 黃維樑編：《璀璨的五采筆——余光中作品評論集（一九七九～一九九三）》，臺北：九歌出版社，1994。

3 鍾玲編：《與永恆對壘——余光中七十壽慶詩文集》，臺北：九歌出版社，1998。

4 傅孟麗：《茱萸的孩子——余光中傳》，臺北：天下文化，1999。

5 渡也：〈顛三倒四的余光中——余光中修辭技巧研究之一〉，《新詩補給站》，臺北：三民書局，1995。

6 簡政珍：〈余光中：放逐的現象世界〉，見孟樊編《新詩批評》頁337～376，臺北：正中書局，1983。

7 余氏〈踢踢踏〉一詩為其「木屐懷古組曲」三首之二，另之一及之三可另見詩集《紫荊賦》，臺北：洪範書店，1986.7。而〈甘地紡紗〉之外，另有〈甘地之死〉及〈甘地朝海〉二首，亦另見詩集《紫荊賦》。又〈荷蘭吊橋〉為其「梵谷百年祭」之二，另之一及之三另見詩集《安石榴》，臺北：洪範書店，1996.4。

8 蕭蕭：〈儒家美學特質與余光中詩作的體現〉，見藍星詩學季刊第11期，2001.9。

9 余氏得意詩作十首：〈雙人床〉、〈鄉愁〉、〈白玉苦瓜〉、〈唐馬〉、〈甘地之死〉、〈珍珠項鍊〉、〈雨聲說些什麼〉、〈壁虎〉、〈五行無阻〉、〈浪子回頭〉。

西貢夜市

洛夫

一個黑人
兩個安南妹
三個高麗棒子
四個從百里居打完仗回來逛窯子的士兵

嚼口香糖的漢子
把手風琴拉成
一條那麼長的無人巷子
烤牛肉的味道從元子坊飄到陳國篡街穿過鐵絲網一直香到
化導院
　　和尚在開會

——一九六八・十・十一

——選自《魔歌》（中外文學月刊社，一九七四年十二月）

巨石之變

洛夫

一

灼熱
鐵器捶擊而生警句
在我金屬的體內
鏘然而鳴，無人辨識的高音

越過絕壁
一顆驚人的星辰飛起
千年的冷與熱
凝固成絕不容許任何鷹類棲息的
前額。莽莽荒原上
我已吃掉一大片天空

二

如此肯定
火在底層繼續燃燒，我乃火
而風在外部宣告：我的容貌
乃由冰雪組成

我之外
無人能促成水與火的婚媾
如此猶豫
當焦渴如一條草蛇從腳下竄起
你是否聽到
我掌中沸騰的水聲

三

我撫摸赤裸的自己
傾聽內部的喧囂於時間的盡頭

且怔怔望著
碎裂的肌膚如何在風中片片揚起

晚上，月光唯一的操作是
射精
那滿山滾動的巨石
是我嗎？我手中高舉的是一朵花嗎？
久久未曾一動
一動便占有峰頂的全部方位

四

你們都來自我，我來自灰塵
也許太高了而且冷而無聲
你們把梯子擱在我頭上只欲證實
那邊早就一無所有
除了傷痕

霍然，如眼睜開
我是火成岩，我焚自己取樂
所謂禁慾主義者往往如是
往往等鳳凰乘煙而去
風化的臉才一層層剝落

五

你們說絕對
我選擇了可能
你們說無疑
我選擇了未知
你們爭相批駁我
以一柄顫悸的鑿子
這不就結了
你們有千種專橫我有千種冷

果子會不會死於它的甘美？
花瓣兀自舒放，且作多種曖昧的微笑

六

鷹隼旋於崖頂
大風起於深澤
麋鹿追逐落日
群山隱入蒼茫

我仍靜坐
在為自己製造力量
閃電，乃偉大死亡的暗喻
爆炸中我開始甦醒，開始驚覺
竟無一事物使我滿足
我必須重新溶入一切事物中

七

萬古長空，我形而上地潛伏
一朝風月，我形而下地騷動
體內的火胎久已成形
我在血中苦待一種慘痛的蛻變

我伸出雙臂
把空氣抱成白色
畢竟是一塊冷硬的石頭
我迷於一切風暴，轟轟然的崩潰
我迷於神話中的那隻手，被推上山頂而後滾下
被砸碎為最初的粉末

——一九七四．九．二十

——選自《魔歌》（中外文學月刊社，一九七四年十二月）

焚詩記

洛夫

把一大疊詩稿拿去燒掉
然後在灰燼中
畫一株白楊

推窗
山那邊傳來一陣伐木的聲音

——一九七三

——選自瘂弦編《當代中國新文學大系．詩卷》（天視出版事業有限公司，一九八〇年四月）

煮酒四論

洛夫

論英雄

有海
在體內洶湧
才半瓶陳年紅露
濁浪排空，淘盡的千古英雄
一個個如剝殼的明蝦
你拿起筷子在盤中點名
喏！數風流人物盡在其中了
不要再喝了！你的臉
已紅得如當年火中的赤壁
不然不然
君非劉玄德
我非曹孟德

更非季辛吉與布爾茲涅夫
無德豈會臉紅
臉不紅才敢說
天下英雄唯使君與操耳
才敢挾著皮包赴日內瓦開會
閑來玩骨牌
輸贏管他娘
反正高棉越南的血不是自己的
不要再喝了
反正你我只不過是
這碗蛋花湯中的蔥末
不然不然
反正英雄只喝酒，不付錢

論劍

拔劍迎風起
收劍天河斷

如今豪情不如昔
一夕只飲三百杯
請吧請吧，今夜趁我
興正濃
月正升
酒正溫
劍在鞘中作龍吟
當年我也曾
熟讀武當崑崙青城邛萊各種主義
苦練各家不傳之秘
朝在長江飲馬
暮宿峨嵋金鼎
某年的野店，我以炯炯目光
在石壁上鑿詩一首
策馬穿過廿四史
兼程趕往烏江去為項羽送葬
今日你不要以為我只是
一塊磨劍的石頭

只因老夫的鋒芒盡斂？
也罷，看劍！

你微笑
以睫毛輕輕挾住一支射來的竹筷

論詩

至於詩
不提也罷
無非東山飄雨西山晴

我委實猜不透
一行白鷺上青天
去幹嗎？

論女人

既非雨又非花
既非霧又非畫

既非雪又非煙
既非燈又非月
既非秋又非夏

有時名詞有時動詞
有時房屋有時廣場
有時天晴有時落雨
有時深淵有時淺沼
有時過程有時結局
有時驚嘆有時問號

說是水，她又耕成了田
說是樹，她又躺成了湖
說是星，她又結成了鹽
說是魚，她又烤成了餅
說是蛇，她又飛成了鷹

——一九七五・六・廿

——選自《時間之傷》（時報出版公司，一九八一年六月）

作者簡介

洛夫，湖南衡陽人，一九二八年出生，淡江大學英文系畢業，曾任教東吳大學英文系。一九五四年與張默、瘂弦共同創辦《創世紀》詩刊，歷任總編輯數十年。洛夫著作甚豐，出版詩集《靈河》（1957）、《石室之死亡》（1965）、《魔歌》（1974）、《時間之傷》（1981）、《因為風的緣故》（1988）、《雪落無聲》（1999）、《漂木》（2001）等二十八部。一九八二年，長詩〈血的再版〉獲中國時報文學推薦獎、《時間之傷》獲中山文藝創作獎，一九八六年獲吳三連文藝獎，一九九一年獲國家文藝獎，一九九九年詩集《魔歌》被評選為臺灣文學經典之一。

早年洛夫被視為超現實主義詩人，表現手法近乎魔幻，詩壇譽之為「詩魔」；近年則沉潛於書法之探索，書風靈動蕭散，曾多次應邀在世界各地展出。

評論家沈奇認為「閱讀洛夫，既是在閱讀一部現代詩人的精神史，也同時是在閱讀一部現代詩的美學史。」他以「禪」與「魔」的交錯印證來說明洛夫一生的藝術成就：「魔」之於形，源於洛夫的藝術野心，旨在經由多向度的美學追索中，得西方詩質之神而擴展東方詩美之器宇，取古典詩質之魂而豐潤現代詩美之風韻，以求為新詩的「藝術探險」和詩學建設，帶來更多有益於屬於詩這種文體的因素和特質。「禪」之於心，源自洛夫的本然心性，旨在引古典情懷於現代意識之中，用「東方智慧，人文精神，高深的境界，以及中華民族特有的情趣」，來更深刻地印證現代人，尤其是經受精神和肉體雙重放逐的臺灣前行代詩人族群的歷史之思、時間之傷與文化之鄉愁，以加深現代詩的精神內涵。（見沈奇〈現代詩的美學史〉，《洛夫‧世紀詩選》序）

延伸閱讀

1 蕭蕭主編：《詩魔的蛻變——洛夫詩作評論集》，臺北：詩之華出版社，1991。
2 費勇：《洛夫與中國現代詩》，臺北：三民書局，1994。
3 潘文祥：《洛夫現代詩研究》，臺灣師大碩士論文，1996。
4 龍彼得：《一代詩魔洛夫》，臺北：小報文化公司，1998。

維納麗沙

蓉子

維納麗沙
你不是一株喧嘩的樹
不需用彩帶裝飾自己

妳靜靜地走著
讓浮動的眼神將你遺落
因你不需在炫耀和烘托裡完成
——你完成自己於無邊的寂靜之中

——選自《維納麗沙組曲》（藍星詩社，一九六九）

旭海草原

蓉子

再一次去到南方的南方
——到島的盡頭
歲月急速流逝　拍岸驚濤
在春天快要過盡的時候

當紛至沓來的風的素髮飛揚
攀登復攀登　草原在山中
草原以她富有魅力的名字呼喚
我以夢中的清吟回應

相信那是一片華麗的草原
有媲美腳下太平洋重瓣浪花的闊綽

策藜杖以對抗山徑上的鵝卵石
從而行行於不能停步的崎嶇

用一整座海的大臉張望
從銀亮的沙灘到張開耳朵的貝殼
他們全都引領瞻望
不見半隻牛羊
旭海草原的黃金路線
只是一隻尚未成熟的南瓜

——原載於《聯合報》副刊，一九九六年六月十一日
——選自《黑海上的晨曦》（九歌出版社，一九九七）

作者簡介

蓉子，本名王蓉芷，一九二八年五月四日出生，江蘇漣水人。小學及初中都在教會學校完成，高中則畢業於金陵女大附屬中學，曾入農學院攻讀一年，一九四九年二月來臺。成長於基督教家庭，從小受到音樂與基督教會讚美詩之影響，蓉子的詩具備了仁者的溫柔心懷與音樂之美。

一九四九年國民黨政府遷臺之後，蓉子是臺灣新詩壇第一位女詩人，其《青鳥集》（1953.11）也是臺灣第一本女詩人專集，此後，蓉子出版了《七月的南方》（1961）、《蓉子詩抄》（1965）、《維納麗沙組曲》（1969）、《橫笛與豎琴的晌午》（1974）、《這一站不到神話》（1986）、《天堂鳥》（1989）等詩集。

張漢良評介蓉子：「她的詩表現出一種寧靜的秩序與斯多葛式（Stoic）的收斂。」鍾玲則以為：（一）她的詩塑造了中國現代婦女的新形象，（二）她的詩表現了充滿生命力的大自然及豐盈的人生觀。

延伸閱讀

1 蓉子：《青鳥集》，臺北：爾雅出版社新版，1982。

2 羅門、蓉子：《羅門、蓉子短詩精選》，臺北：殿堂出版社，1988。

3 周偉民、唐玲玲合著：《日月的雙軌——羅門蓉子創作世界評介》，臺北：文史哲出版社，1991。

4 謝冕等著：《從詩中走過來：論羅門蓉子》，臺北：文史哲出版社，1997。

車入自然

羅門

車急馳
那把箭較眼快
一隻鳥側滑下來
天空便斜得站不住
將滿目的藍往海裡倒

車急馳
飄浮何須經由水面
說雲將山浮去
倒不如說風浮來曠野的臉
　　一陣翅膀聲
　在笑裡

車急馳
太陽左車窗敲敲
　右車窗敲敲
敲得樹林東奔西跑
敲得路迴峰轉
要不是落霞已暗
輪子怎會轉來那輪月

——一九六八年

——選自《羅門創作大系》卷三（文史哲出版社，一九九五年）

窗

羅門

猛力一推　雙手如流
　總是千山萬水
　　總是回不來的眼睛

遙望裡
你被望成千翼之鳥
棄天空而去　你已不在翅膀上
聆聽裡
你被聽成千孔之笛
音道深如望向往昔的凝目

猛力一推　竟被反鎖在走不出去
　　　　　的透明裡

——一九七二年

——選自《羅門創作大系》卷四（文史哲出版社，一九九五年）

觀海

——給所有具自由與超越心境的智慧創造者

羅門

飲盡一條條江河
你醉成滿天風浪
浪是花瓣　大地能不繽紛
浪是翅膀　天空能不飛翔
浪波動起伏　群山能不心跳
浪來浪去　浪去浪來
你吞進一顆顆落日
　吐出朵朵旭陽
總是發光的明天
總是弦音琴聲迴響的遠方

千里江河是你的手
握山頂的雪林野的花而來
帶來一路的風景
其中最美最耐看的
到後來都不是風景
而是開在你額上
那朵永不凋的空寂

聽不見的　都已聽見
看不見的　都已看見
到不了的　都已進來
你就這樣成為那種
無限的壯闊與圓滿
滿滿的陽光
滿滿的月色
滿滿的浪聲
滿滿的帆影

究竟那條水平線
　能攔你在何處
壓抑不了那激動時
你總是狂風暴雨
　　千波萬浪
把山崖上的巨石　一塊塊擊開
　放出那些被禁錮的陽光與河流
其實你遇上什麼
　都放開手順它
任以那一種樣子　靜靜躺下不管
你仍是那悠悠而流的忘川
浮風平浪靜花開鳥鳴的三月而去
　　　　　　去無蹤
　　　　　　來也無蹤
既然來處也是去處
　去處也是來處
那麼去與不去

你都在不停的走
從水平線裏走出去
從水平線外走回來
你美麗的側身
　已分不出是閃現的晨曦
　　　還是斜過去的夕陽
任日月問過來問過去
你那張浮在波光與煙雨中的臉
一直是刻不上字的鐘面
　　　能記起什麼來
如果真的有什麼來過
風浪都把它留在岩壁上
　留成歲月最初的樣子
　　時間最初的樣子
蒼茫若能探視出一切的初貌
那純粹的擺動

那永不休止的澎湃
它便是鐘錶的心
　　時空的心
也是你的心
　你收藏日月風雨江河的心
　你填滿千萬座深淵的心
　你被冰與火焚燒藍透了的心
任霧色夜色一層層塗過來
任太陽將所有的油彩倒下來
任滿天烽火猛然的掃過來
任炮管把血漿不停的灌下來
　都更變不了你那藍色的頑強
　　　　　藍色的深沉
　　　　　藍色的凝望
即使望到那縷煙被遠方
　　　　拉斷了
所有流落的眼睛

都望回那條水平線上
仍望不出你那隻獨目
　在望著那一種鄉愁
仍看不出你那隻獨輪
　究竟已到了那裏
從漫長的白晝
　到茫茫的昏暮
若能凱旋回來
　便伴著月歸
星夜是你的冠冕
眾星繞冠轉
那高無比的壯麗與輝煌
使燈火煙火炮火亮到半空
　　　都轉了回來
而你一直攀登到光的峰頂
將自己高舉成次日的黎明
讓所有的門窗都開向你

天空都自由向你
大地都遼闊向你
河都流向你
鳥都飛向你
花都芬芳向你
果都甜美向你
風景都看向你
無論你坐成山
　或躺成原野
　　走動成江河
無論你是醒是睡
只要那朵雲浮過來
你便飄得比永恆還遠

附語

詩中的「海」已成為對人類內在生命超越存在的觀點。尤其是海的壯闊與深沉的生命潛能，海的永恆的造型與海的心，對於那些以不凡智慧才華與超越心靈去接受生命與時空的挑戰、去創造不朽存在的詩人與藝術家們，更是有所呼應與共鳴的。

同時我認為一個現代作家除了追逐外在的動變，更應感知那穿越到「動變」之中去的莫名的恆定力，是來自宇宙與大自然整體生命的穩定的結構與本然的基型之中。唯有如此才能使創作的智慧產生一種含有「信仰性」的較深遠的嚮往與感動。

觀海人的話：

我寫「觀海」是因為：

(1)海能包容人生的各種境界。

(2)海的額頭最好看，看久了，會看到羅素與愛恩斯坦的額頭。

(3)海的眼睛最耐看，我們的眼睛，看了一百年，都要閉上。而海的獨目望了千萬年，仍一直開著，可看見全人類的鄉愁、時空的鄉愁、上帝的鄉愁。

(4)海最了解詩人與藝術家的心：雲帶著海散步時，可看見中國的老莊；海浪沖激岩壁時，可看見西方的貝多芬，用「英雄」與「命運」交響樂，衝破一切阻力。

(5)海用天地線牽著萬物出來，牽著萬物回去，一直沒有停過。

——選自《羅門創作大系》卷三（文史哲出版社，一九九五年）

作者簡介

羅門，本名韓仁存，廣東（海南）文昌縣人，一九二八年十一月二十日出生。十二歲進空軍幼校（四川灌縣），一九四八年至五〇年在空軍飛行官校學習飛行，一九五一年進民航局工作，一九七六年退休，專事創作。

羅門出版詩集：《曙光》（1958）、《第九日的底流》、《死亡之塔》、《羅門自選集》、《曠野》、《羅門詩選》、《整個世界停止呼吸在起跑線上》、《有一條永遠的路》、《誰能買下這條天地線》（1993）。一九九五年，羅門將其詩作分類編選，共得十冊，名為「羅門創作大系」，交由文史哲出版社發行，呈現羅門四十年來詩與藝術創造世界的完整版圖。羅門另有詩與藝術的相關論著：《現代人的悲劇精神與現代詩人》（1964）、《心靈訪問記》、《長期受著審判的人》、《時空的回聲》、《詩眼看世界》（1989）。

張漢良：「羅門是臺灣少數具有靈視的詩人之一，反映現代都會的都市詩，他是最具代表性的詩人。」謝冕：「羅門的視野和胸襟屬於世界。那種國際性、世界性和現代的品質卻成為他的靈感和支柱。」羅門持續對文明、戰爭、都市、大自然等主題，加以透視和省思，大膽揭露現代都會人的命運，預示人類精神文明的斲傷，以豐富的意象、超越的想像，締造出屬於他自己的藝術世界。

延伸閱讀

1 羅門：《羅門創作大系》十冊，臺北：文史哲出版社，1995。
2 海南大學：《羅門蓉子文學世界學術研討會論文集》，文史哲出版社，1994。
3 羅門：《在詩中飛行——羅門詩選半世紀》，臺北：文史哲出版社，1999。
4 張漢良、蔡源煌等著：《門羅天下——當代名家論羅門》，臺北：文史哲出版社，1991。
5 周偉民、唐玲玲合著：《日月的雙軌——羅門蓉子創作世界評介》，臺北：文史哲出版社，1991。
6 謝冕等著：《從詩中走過來：論羅門蓉子》，臺北：文史哲出版社，1997。
7 尤純純：《重塑現代詩——羅門詩的時空觀》，臺北：文史哲出版社，2003。

過客

管管

1

蓓蕾們張著嘴吶喊著。吶喊些什麼呢。春住在姊姊的長長辮梢上。小燕子找不到現在的門牌。草指甲擰痛了踏青的繡花鞋。

一隻蝴蝶竟踏著吾的肩走過

2

我在一把扇子裡看到你。夜晚。吾用竹子把星子敲下來。就像秋天敲樹上的柿子。夜。結滿了眼睛。青蛙的眼睛，這麼熱。地球為什麼不跳下去洗洗澡呢

那株向日葵的脖子上披著一根虹

3

林裡。

果子與果子們喧呶著。喧呶著。罵風。罵他不該。真不該。把吾們的小襯裙剪了個繽紛。繽

紛。又讓一個豎著衣領子的年輕人的鞋子過去

還抽著煙

4

吾把春夏秋都收拾收拾放在火盆裡燒了。燒一張。吾哭一聲。哭一聲。吾燒一張。這病。爆竹
會對你說話的。吾要騎著驢去挨家挨戶報喪了

「暗香浮動月黃昏」

——一九六〇年十一月十日

——選自《荒蕪之臉》（普天出版社，一九七二年）

荒蕪之臉

管管

據說那晚上整個的月亮在燒著山那邊塔那邊水那邊的半個秋天。據說那一半秋天在城里那個女人或那個男人的腸胃上。

據說也燒著那兩個對坐在不知被多少學生的年輕的鞋子越蹂躪越他媽的更生出好多年輕的手年輕的腳年輕的翅子一直在喊叫著奔跑著飛著的那塊一個一個的草的臉上的漢子！

據說那兩個漢子一句也不說的在拚命的用菸艸燒月亮。

據說一句不說就是說了好多！

據說那兩個漢子把他們的臉撕下來拿了兩張艸的荒蕪的臉就吹著哨子走進這條沒被燒的秋的巷子裡去。

據說那一半秋天又走到城外這個男人或這個女人的眼睛上。據說那晚整個月亮在燒著這邊塔這邊寺這邊水這邊城這邊的半個秋天。

據說從那晚以後有兩張荒蕪的大臉在那座被月亮燒著的城里城左城右城前城后的臉過來又他媽的臉過去！

——選自《荒蕪之臉》（普天出版社，一九七二年）

缸

管管

有一口燒著古典花紋的缸在一條曾經走過清朝的轎明朝的馬元朝的干戈唐朝的輝煌眼前卻睡滿了荒涼的官道的生瘡的腿邊
　張著大嘴
　在站著
　看

為什麼這口缸來這裡站著看
是那一位時間叫這口缸來站著看
是誰叫這口缸來站著看

總之

總之
官道的荒涼上
被站著
一口
孤單單的
張著大嘴
看你的
缸

這缸就漸漸被站的不能叫他是缸
反正他已經被站的不再是一口缸的孤單
如同陶淵明不止叫他是陶淵明
他敦煌不止叫他是敦煌

有人去叫缸看看什麼也不說
有人說缸裡裝滿東西
有人說什麼也沒裝進缸

有人說裝了一整缸的月亮

一天有個傢伙走來
打破了這口缸
也是一個屁也不放

不過
這口破缸
卻開始了
歌唱。

——選自《荒蕪之臉》（普天出版社，一九七二年）

作者簡介

管管，本名管運龍，山東膠縣人，一九二九年八月九日生，一九三八年全家遷居青島，才開始上私塾。隨軍離家來臺，曾任排長、參謀、左營軍中電臺記者，花蓮軍中電臺節目主任、「文藝橋」節目製作等職，並參與「六朝怪談」、「超級市民」等多部電影的演出，一九五九年起在《藍星》、《創世紀》等詩刊發表詩作，一九七一年與張默創辦《水星》詩刊，一九八二年應邀至愛荷華「國際作家工作坊」訪問。近年走入詩藝陶瓷之創作，作品奇突怪美。著有詩集《荒蕪之臉》（臺中：普天，1972）、《管管詩選》（臺北：洪範，1986）、《管管．世紀詩選》（臺北：爾雅，2000）、《腦袋開花》（商周出版，2006）、《茶禪詩畫》（爾雅，2006），及散文集四冊。

管管的詩風是詩壇異數，擅用反抒情的戲劇手法，達到詩的張力，語言試驗性極強，突接怪折，又具難以言明的創意，為少數難以仿學的詩人，「不能仿學的是散文的句式而能衍生詩意這點，每一個句子都算通順，但其接點都令人驚愕。」（蕭蕭語，見《現代詩導讀》（一））。

延伸閱讀

1 張漢良：〈管管：「住在大兵隔壁的菊花」導讀〉，《現代詩導讀》（一），臺北：故鄉出版社，1979。

2 蕭蕭：〈管管：「星期六的白星期天的黑」導讀〉，同註1。

1 蕭蕭：〈現代詩裡的玄思與哲理——引「荷」、「缸」為例〉，見蕭蕭著《現代詩學》，臺北：三民書局，1987。

2 張芬齡：〈管窺管管的《荒蕪之臉》〉，見張氏著《現代詩啟示錄》，臺北：書林出版公司，1992。

3 洛夫：〈論管管的《荒蕪之臉》〉，見管管詩集《荒蕪之臉》，臺北：普天出版社，1972。

4 何寄澎：〈管管「放星的人」、「月色」、「月眉老店」、「三朵紅色的罌粟花」等詩作賞析〉，見林明德等編《中國新詩賞析》，臺北：長安出版社，1981。

5 莊祖煌：《不際之際，際之不際——管管詩中的生命熱力和時空意涵》，臺灣詩學學刊第14期，頁49～80，2009.12。

6 何金蘭：《從「虛／實相拒」到「虛／實同體」——試析管管〈春天的頭是什麼樣的頭——記花蓮之遊〉》，臺灣詩學學刊第14期，頁81～100，2009.12。

7 蕭蕭、方明主編《現代詩壇的孫行者：管管作品學術研討會論文》，萬卷樓，2009。

魃（古代神話之一）

大荒

蚩尤請風雨師，縱大風雨，黃帝乃下天女曰魃。雨止，乃殺蚩尤。魃不得復上，所居不雨。

——山海經大荒北經

才焚香頂禮
　感謝她的天恩
又念咒鳴鑼
　驅逐她離去
她的前腳踢走風雨
後腳就跺裂大地
赤
地
千
里

飛馬飛飛就跌死
走獸走走就倒斃
行人行行就仆亡
綠樹綠綠就枯萎
凡口都張成冒煙的火口
雨呀！雨呀！
雨……呀……

而她是純粹有威力的女子
長在頭上的媚眼
總是緊盯著日光的肚臍
她從來就不是什麼女俠
她是上帝的女兒
　太陽的情婦
　魔鬼的門徒
請以淚造雨吧！人哪
她是無論如何也不回去了

在她來時
你們已抽掉回去的梯子

——一九七一・五

——選自《存愁》(創世紀詩社,一九七三年三月)

第一張犁

——登安平古堡懷開山聖王鄭成功

大荒

掌燈人上吊之後
一盞掛了兩百七十五年的風燈
溘然滅了
「痛哭六軍皆縞素」①
動人的消息猶眾口嘖嘖
江南已相繼　順治
愛新覺羅　這把新發於硎的刀
所向無敵　獨你仗劍而起
焚儒服以為誓
——「不信中原不姓朱」②
畢竟　中原不姓朱了

一盤殘棋　收拾它
無非替斷氣王朝招魂
而南京一役　雖失之「一戰決戎華」③
倒是把「缺憾還諸天地」④　放手東下
海上還有一片新世界
現在是前往認領的時候了

遲到一步！
紅毛夷已齊岸築起一堵高牆
把台灣圈在裡邊
（甚至名字都被改成發羊臊味的熱蘭遮城）
把你的漢樓船擋在外邊
你倚桅長嘯　舉著閃電劈天
一劈劈起一海驚濤駭浪
逍遙遊的七鯤　掉尾振鰭
由北溟而南溟
水激三千里

沿安平一字排開
七鯤身⑤是七塊搶灘的跳板
七環的鐵鍊　緊緊扼住頑敵的咽喉

歲月　沒有甲子
語言　沒有著像
土　沒有阡陌
水　沒有隄閘
雕題黑齒，斷髮紋身
巫師是至上的聖賢
鳥爪獸跡是唯一的書本
猶然屬於楚辭的南方
你試用雙手探測她的體溫
竟觸到一顆青春的心跳
大地發情了！你狂喊一聲
便急急打造犁頭
把泥土翻起一捲捲美麗的波浪

植字　而成為詩歌
播種　而成為糧食

附註：①吳梅村〈圓圓曲〉句。②鄭成功〈出師討滿夷自瓜州至金陵〉句。③錢謙益〈金陵秋興〉句。④沈葆禎輓鄭成功詞。⑤安平外有七沙洲名七鯤身，推命名原意當取自莊子〈逍遙遊〉。又按錢謙益乃鄭成功老師，曾降清，旋後悔，暗中支持鄭反清，當成功揮軍北伐，溯長江直上南京，錢氏熱烈期望，「十年老眼重磨洗，坐看江豚蹴浪花！」可見對「一戰決戎華」的期待。失敗後仍不死心，還說「由來國手算全棋、數子拋殘未足悲。」

——一九九五．九．二二

——選自《第一張犁》（臺中市立文化中心，一九九六年五月）

寒山寺

——姑蘇紀行之三

大荒

據說有批老人秋遊寒山寺
半夜三更，從漁橋登舟，搖啊搖
搖到楓橋停泊，然後
憑舷假寐，發張繼之愁
當寺鐘如約傳來
齊聲高吟〈楓橋夜泊〉
而欷歔不已，泣下數行

盡得風流在「楓落吳江冷」
春遊寒山寺自然不是時候，況
寺院早翻身跳進城內

荒郊已搖身變為市中
仿唐的鐘聲論記賣，五圓人民幣一敲
我連敲三記都沒聽出一絲禪意
忿忿找司鐘理論
卻見寒山拾得兩個和尚嘻嘻哈哈拍手唱和
曰：
　一個買空一個賣空
　你交了錢他交了貨
　聲已入耳怎說聽莫
　若要退錢先請退聽

——原載一九九六・八・十七《中華日報》副刊
——選自《剪取富春半江水》（九歌出版社，一九九九年三月）

作者簡介

大荒，本名伍鳴皋，安徽無為人，一九三〇年一月三日生。大荒少年時期曾讀過蕪湖初中，未及畢業即從軍入伍，一九四九年隨軍隊到臺灣，在軍營中生活十八年，三十六歲退役，隨即考入師範大學國文專修科，畢業後擔任國中教師，直至一九九〇年因病退休。著有詩集《存愁》（創世紀詩社，1973）、《雷峰塔》（天華，1979）、《台北之楓》（采風，1990）、《第一張犁》（臺中市立文化中心，1996）、《剪取富春半江水》（九歌，1999，獲中山文藝獎）。二〇〇三年八月逝世，享壽七十三。

「與歷史有約的信徒」沈奇這樣稱譽大荒，說他「無論是身處政治高壓、工商風潮，還是後現代語境，大荒為時代守夜、為歷史補天的精神立場，從未移步半分。『一吟悲一事』，事事我關心，離開時代所提供的存在感受與問題意識，離開似乎與生俱來的歷史情懷與現實關切，大荒真不知該如何發出他詩的言說。」（見《剪取富春半江水》序文）。「為歷史作巨鏡，為蒼生刻大碑，乃詩人大荒發自生命底蘊的意願。」（見沈奇〈銘心入史存此愁〉，《第一張犁》附錄），沈奇一再以為歷史的巨大身影是大荒詩作的取經處，大荒詩作是歷史巨大身影的投射圖，詩／史，史／詩，交互辯證，成就大荒寬敞的詩之曠野，顯現現代知識份子的良知。

延伸閱讀

1 沈奇：〈銘心入史存此愁〉，《第一張犂》附錄，臺中市立文化中心，1996。

2 沈奇：〈詩重布衣老更成〉，《剪取富春半江水》序文，臺北：九歌出版社，1999。

3 《八十六年詩選》，臺北：爾雅出版社，1997。

4 張默：〈為詠史開路〉，聯合報48版，1999.4.12。

5 蕭蕭：〈「存愁」與尖銳感〉，創世紀詩雜誌，第33期，頁81～83，1973.6。

躍場

商禽

滿舖靜謐的山路的轉彎處，一輛放空的出租轎車，緩緩地，不自覺地停了下來。那個年輕的司機忽然想起這空曠的一角叫「躍場」。『是啊，躍場。』於是他又想及怎麼是上和怎麼是下的問題——他有點模糊了；以及租賃的問題『是否靈魂也可以出租……？』

而當他載著乘客複次經過那裡時，突然他將車猛地煞停而俯首在方向盤上哭了；他以為他已經撞燬了剛才停在那裡的那輛他現在所駕駛的車，以及車中的他自己。

附註：躍場為工兵用語，指陡坡道路轉彎處之空間。

長頸鹿

商禽

那個年輕的獄卒發覺囚犯們每次體格檢查時身長的逐月增加都是在脖子之後，他報告典獄長說：「長官，窗子太高了！」而他得到的回答卻是：「不，他們瞻望歲月。」

仁慈的青年獄卒，不識歲月的容顏，不知歲月的籍貫，不明歲月的行蹤；乃夜夜往動物園中，到長頸鹿欄下，去逡巡，去守候。

樹

商禽

記憶中你淡淡的花是淺淺的笑
失去的日子在你葉葉的飄墮中昇高

外太空尋不著你頎長的枝柯
同溫層間你疏落的果實一定白而且冷

——以上三首選自《夢或者黎明及其他》（書林出版公司，一九八八年九月）

作者簡介

商禽，本名羅顯烆，又名羅燕、羅硯，曾以羅馬、夏離、壬癸等為筆名。一九三〇年生於四川省珙縣巡場鎮。商禽幼年曾讀私塾，小學、中學均未畢業。一九四五年從軍，曾在不同部隊服役，在被拉伕、逃亡、被抓的交替中輾轉流徙於中國西南各省。一九五〇年隨軍來臺，直至一九六八年以士官身分退伍。退伍後，曾任碼頭工人、小販、園丁及編輯，一九八〇年入《時報週刊》任編輯迄一九九二年退休。二〇一〇年病逝於臺北。

商禽著有中文詩集《夢或者黎明》（十月，1969）及《用腳思想》（漢光，1988）兩種。後曾將前者增訂再版更名《夢或者黎明及其他》（書林，1988）。二〇〇〇年出版《商禽．世紀詩選》（爾雅，2000）。

奚密用「變調」與「全視」這兩個意象來概括商禽詩的主題，用以形容他的技巧和風格。所謂「變調」，意指詩人在使用某些象徵時，將它們的普遍意義作有意的逆反和扭轉，就好像一支人人熟悉的曲子被故意變調，雖然聽者仍能辨認出原曲。奚密認為如果「變調」代表詩人對所有戕傷人性的思想、行為、體制的反思、抗衡和顛覆，那麼「全視」可說是詩人對原我、真我的認同，對超越人為界限可能性的肯定（見《商禽．世紀詩選》序）。商禽是臺灣現代詩壇「散文詩」的高手，也常被高舉為「超現實主義」的代表人物。

延伸閱讀

1 李英豪：〈變調的鳥——論商禽的詩〉，見李氏著《批評的視覺》，臺北：文星書店，頁189～197，1966。
2 劉登翰：〈商禽論〉，創世紀詩雜誌第84期，1991。
3 瘂弦：〈他的詩，他的人，他的時代〉，創世紀詩雜誌第199期，1999。
4 許悔之：〈人的壓力：讀商禽《用腳思想》〉，文訊雜誌，1990.4。
5 陳鴻森：〈變調之鳥：商禽詩集《夢或者黎明》〉，笠詩刊第51期，頁77～81，1971.10。

駝鳥

張默

遠遠的
靜悄悄的
閑置在地平線最陰暗的一角
一把張開的黑雨傘

——選自《無調之歌》（創世紀詩社，一九七五年六月）

時間，我繾綣你（選七）

——獻給同我並肩走過血與火年代的夥伴

張默

1

時間，我浮雕你
一方頭角崢嶸的巨石
站在視而不見黃沙滾滾的大漠中
向東，是連綿千里的敦煌
向西，邊陲是無極
不論蹲著縮著，日夜相隨的俱是灰褐褐的影子

2

時間，我朗誦你

一首深情難掩的詩篇
它的詞藻雅致，如棲霞的楓葉
它的骨骼英挺，如黃山的奇松
它的聲調、呼吸，猶之輕輕的三峽之翻滾
而它的氣宇啊，則遍植在大千雲集的丘壑裡

3

時間，我狂飲你
一壺香氣沁人的美酒
點點滴滴，灌溉絕塵超逸的黃庭堅
踉蹌陶然，細說淳真高古的米芾
一撇是崑崙，一捺是塔克拉馬干
而一橫啊，恰似扶搖直上濃蔭蔽天的萬里長城

4

時間，我彩繪你

一襲飄飄欲仙的緞帶
怎能拴住難以設防的兩岸
猜疑，惦記，敵對，緩緩跨過絕望莫名的四十載
如今恍似豁然開朗
人間的黑暗褪盡，不知沒入歷史的第幾頁

5

時間，我鯨吞你
一艘升火待發的航空母艦
自紅海來，向黑海去
進大西洋出太平洋，再縱橫南半球與北半球
迴旋，偵察，斥候，監聽
把一個好端端的海，渲染成一副稀奇古怪的大花臉

6

時間，我調侃你

一堆窸窸窣窣的落葉
究竟掩映幾許春秋的生命
花開與夫，萎謝
月陰以及，攀升
我將追索的或許是那朝朝暮暮的撞鐘人

7

時間，我搓揉你
一束朝秦暮楚的藻草
春天，它舉著細碎的步履，向翠綠挺進
秋天，它搖著四方的蒲扇，向流螢告別
誰能丈量成長到落英之間的距離
哦，永恆與璀璨，原本不堪一握

——選自《落葉滿階》（九歌出版社，一九九四年元月）

作者簡介

張默，本名張德中，安徽無為人，一九四九年來臺，來臺之前曾入私塾、無為縣立簡師、南京成美中學就讀。來臺之後，服役海軍二十二年，如今，悠遊於中國山水與世界版圖之間，繼續尋找詩的意象，聆聽詩的音符。

自一九五四年創辦《創世紀》詩刊，張默一生為《創世紀》及臺灣詩壇奮戰不懈。二十一世紀啟幕，張默已是七十高齡，依然執掌《創世紀》編務，期能再造臺灣新詩高峰。畢生志業之所繫唯詩而已。重要詩集有《紫的邊陲》（創世紀詩社，1964）、《無調之歌》（創世紀詩社，1975）、《愛詩》（爾雅，1988）、《落葉滿階》（九歌，1994）、《張默・世紀詩選》（爾雅，2000），另有《台灣現代詩編目》（爾雅）、《台灣現代詩概觀》（爾雅）、《夢從樺樹上跌下來》（爾雅）三書為臺灣詩史做了最好的見證。

充滿生命力、創造力、活動力的張默，在現實生活裡是一個戀家的旅者，在文學領域中，詩是他的家，那躍動的節奏，就是旅者的心跳。在圍繞著家的輻射網路上，勃勃騰跳的正是張默的詩。

延伸閱讀：

1 蕭蕭編：《詩痴的刻痕》（張默詩作評論集），臺北：文史哲出版社，1994。

2 熊國華著：《從奔放到澄明》（張默詩作研究鑒賞集），內蒙古人民出版社，1994。

如歌的行板

瘂弦

溫柔之必要
肯定之必要
一點點酒和木樨花之必要
正正經經看一名女子走過之必要
君非海明威此一起碼認識之必要
歐戰，雨，加農砲，天氣與紅十字會之必要
散步之必要
溜狗之必要
薄荷茶之必要
每晚七點鐘自證券交易所彼端
草一般飄起來的謠言之必要。旋轉玻璃門之必要。盤尼西林之必要。暗殺之必要。

晚報之必要
穿法蘭絨長褲之必要。馬票之必要。
姑母遺產繼承之必要
陽臺、海、微笑之必要
懶洋洋之必要

而既被目為一條河總得繼續流下去的
世界老這樣總這樣：——
觀音在遠遠的山上
罌粟在罌粟的田裡

——一九六四年四月

——選自《瘂弦詩集》卷之七（洪範書店，一九八一年四月）

巴黎

奈帶奈藹，關於床我將對你說什麼呢？

——A・紀德

你唇間軟軟的絲絨鞋
踐踏過我的眼睛。在黃昏，黃昏六點鐘
當一顆殞星把我擊昏，巴黎便進入
一個猥瑣的屬於床笫的年代

在晚報與星空之間
有人濺血在草上
在屋頂與露水之間

瘂弦

迷迭香於子宮中開放

你是一個谷
你是一朵看起來很好的山花
你是一枚餡餅，顫抖於病鼠色
膽小而窸窣的偷嚼間

一莖草能負載多少真理？上帝
當眼睛習慣於午夜的罌粟
以及鞋底的絲質的天空；當血管如菟絲子
從你膝間向南方纏繞

去年的雪可曾記得那些粗暴的腳印？上帝
當一個嬰兒用渺茫的淒啼詛咒臍帶
當明年他蒙著臉穿過聖母院
向那並不給他什麼的，猥瑣的，床第的年代

你是一條河
你是一莖草
你是任何腳印都不記得的，去年的雪
你是芬芳，芬芳的鞋子

在塞納河與推理之間
誰在選擇死亡
在絕望與巴黎之間
惟鐵塔支持天堂

——一九五八年七月三十日
——選自《瘂弦詩集》卷之四（洪範書店，一九八一年四月）

印度

瘂弦

馬額馬啊
用你的袈裟包裹著初生的嬰兒
用你的胸懷作他們暖暖的芬芳的搖籃
使那些嫩嫩的小手觸到你崢嶸的前額
以及你細草般莊嚴的鬍髭
讓他們在哭聲中呼喊著馬額馬啊

令他們擺脫那子宮般的黑暗，馬額馬啊
以濕潤的頭髮昂向喜馬拉雅峰頂的晴空
看到那太陽像宇宙大腦的一點燐火
自孟加拉幽冷的海灣上升
看到伽藍鳥在寺院

看到火雞在女郎們汲水的井湄
讓他們用小手在襁褓中畫著馬額馬啊
馬額馬，讓他們像小白樺一般的長大
在他們美麗的眼睫下放上很多春天
給他們櫻草花，使他們嗅到鬱鬱的泥香
落下柿子自那柿子樹
落下蘋果自那蘋果樹
一如從你心中落下眾多的祝福
讓他們在吠陀經上找到馬額馬啊

馬額馬啊靜默日來了
讓他們到草原去，給他們神聖的飢餓
讓他們到暗室裡，給他們紡錘去紡織自己的衣裳
到象背上去，去奏那牧笛，奏你光輝的昔日

到倉房去，睡在麥子上感覺收穫的香味
到恆河去，去呼喚南風餵飽蝴蝶帆

馬額馬啊，靜默日是你的
讓他們到遠方去，留下印度，靜默日和你

夏天來了啊，馬額馬
你的袍影在菩提樹下遊戲
印度的太陽是你的大香爐
印度的草野是你的大蒲團
你心裡有很多梵，很多涅槃
很多曲調，很多聲響
讓他們在羅摩耶那的長卷中寫上馬額馬啊

楊柳們流了很多汁液，果子們亦已成熟
讓他們感覺到愛情，那小小的苦痛
馬額馬啊，以你的歌作姑娘們花嫁的面幕
藏起一對美麗的青杏，在綴滿金銀花的髮髻
並且圍起野火，誦經，行七步禮
當夜晚以檳榔塗她們的雙唇

鳳仙花汁擦紅她們的足趾
以雪色乳汁沐浴她們花一般的身體
馬額馬啊，願你陪新娘坐在轎子裡

衰老的年月你也要來啊，馬額馬
當那乘涼的響尾蛇在他們的墓碑旁
哭泣一枝跌碎的魔笛
白孔雀們都靜靜地夭亡了
恆河也將閃著古銅色的淚光
他們將像今春開過的花朵，今夏唱過的歌鳥
把嚴冬，化為一片可怕的寧靜
在圓寂中也思念著馬額馬啊

附記：印人稱甘地為馬額馬，意思是「印度的大靈魂」。

——一九五八年一月三十日

——選自《瘂弦詩集》卷之四（洪範書店，一九八一年四月）

作者簡介

瘂弦，本名王慶麟，河南南陽人，一九三二年八月二十九日生。一九四九年在湖南零陵從軍，隨軍來臺，一九五四年政工幹校影劇系畢業，一九五四年底結識洛夫、張默，加入《創世紀》詩刊編務，一九六六年應邀至美國愛荷華大學「國際作家工作坊」訪問兩年，一九七七年獲威斯康辛大學東亞研究所碩士。曾任《幼獅文藝》主編，聯合報副刊主任、聯合報副總編輯，《聯合文學》月刊社社長，《創世紀》詩雜誌發行人，一九九八年六月自聯合報退休，目前旅居加拿大溫哥華。著有《瘂弦詩集》（臺北：洪範，1981，計三七〇頁），為前此所出之《瘂弦詩抄》（1959，九十八頁）、《深淵》（眾人版，1968；晨鐘版，1970，二五六頁）等之完整版，及《弦外之音：瘂弦詩稿、朗誦、手跡、歲月留影（附光碟）》（聯經，2006）、詩札記《記哈客詩想》、評論集《聚繖花序I》《聚繖花序II》等。

其詩風以一九五八年年底為分水嶺，此種「急轉」乃由於生活的突然「變調」，及對於愛呂亞、D. 葛思康等的發現（見《六十年代詩選》）。前此有泥土和鄉土的苦澀和甜味，後此則現代風格銳利而厚重，「讀瘂弦的詩，會感覺寫詩是一件瀟灑的事」、「也許蘇東坡『行於所當行，止於所不可不止』的行雲流水說法，最能道盡瘂弦詩中的情味。」（張漢良語，見《現代詩導讀（一）》）。海峽兩岸能以一本詩集「穿透」現代詩史的，似乎唯有他一人。

延伸閱讀

1 張漢良：〈瘂弦「坤伶」、「一般之歌」、「在中國街上」等之導讀〉，見《現代詩導讀（一）》，臺北：故鄉出版社，1979。

2 何寄澎：〈瘂弦：「秋歌」、「乞丐」、「紅玉米」、「鹽」、「上校」、「坤位」、「如歌的行板」、「深淵」、「一般之秋」等之賞析〉，林明德等編《中國新詩賞析（三）》，臺北：長安出版社，1981。

3 瘂弦：〈新詩這座殿堂是怎麼建立起來的〉，見《天下詩選》序，臺北：天下文化，1999。

4 吳當：〈生命的寂寞與創意——瘂弦試析「短歌集」〉，《新詩的智慧》，臺北：爾雅出版社，1997。

5 瘂弦：〈西方文學與早期現代詩〉，見蕭蕭《現代詩入門》經驗篇，臺北：故鄉出版社，1982。

6 蕭蕭主編：《詩儒的創造——瘂弦詩作評論集》，臺北：文史哲出版社，1994。

7 賴雅俐：《瘂弦詩的音韻風格研究》，彰化師範大學國文學系碩士論文，2010。

8 黎活仁主編：《瘂弦詩中的神性與魔性》，大安出版社，2007。

順興茶館所見

辛鬱

坐落在中華路一側
這茶館的三十個座位
一個挨一個
不知道寂寞何物

而他是知道的

準十點他來報到
坐在靠邊的硬木椅上
濃濃的龍井一杯
卻難解昨夜酒意
醬油瓜子落花生

外加長壽兩包
——他是知道的
　這就是他的一切

不　尚有那少年豪情
溢出在霜壓風欺的臉上
偶或橫眉為劍
一聲厲叱　招來些落塵

他是知道的　寂寞是
時過午夜
這茶館的三十個座位
一個挨一個……

——原載一九七七年六月《文藝月刊》九十六期
——選自《豹》（漢光出版社，一九八八年）

銅像四寫

辛鬱

1

他已把最美的身段留下
就不必再說什麼
推倒也罷
熔了更好
他最最在乎的
是那群鴿子　從此
失去一個咕咕的所在

2

比起台北市銅山街更冷清

他站在這都城邊緣
清冷中彷彿聽見
某種心跳的聲音
（誰會來看望我呢？）

一低頭　他看見
還是那隻流浪狗

3

被搬移以後的他
看起來清朗許多
也許是背後那排整齊的綠樹
讓他想起昔日在點兵台上
那番光景
偶爾　有童聲唸出他的名字

脆脆亮亮的　他喜歡

4

還會有誰在那兒議論呢
聽起來聲音有些混濁

在一座儲物庫裡
寄生蟹似的
他被裹以塵灰與蛛絲
心想　為什麼還被從遺忘中
吵醒

——選自《辛鬱．世紀詩選》卷六（爾雅出版社，二〇〇〇年）

心事二寫

辛鬱

之一

要說你沒有心事
誰相信

樹梢一隻蜘蛛正織網
你的心事已經被纏入
問題是　它是豎的一絲
還是橫的一絲呢

誰說你沒有感情
你看　蛛網上一滴朝露
正在墜地

你的心事直直落

之二

加減乘除了好一陣
也出不來一個數
他的那台腦內計算機
生了病
而心事卻不歸零

烽火連天十二年
占了青春多少頁
還有遠戍海疆的七載
傷情咯血的三個秋天
十隻手指怎能算得清

而今天他走在滿街旗海裡

還拿捏不定
要被那一種顏色染身
只一算再算
「瑞伯」走後的菜錢
他十分清楚
提款機的臉色不好看

其實算不算都那麼回事
日子總得過下去；他這麼想

——原載於一九九八年十一月二十六日《聯合報》副刊
——選自《辛鬱・世紀詩選》卷六（爾雅出版社，二〇〇〇年）

作者簡介

辛鬱，本名宓世森，浙江慈谿人，一九三三年出生於杭州。一九四八年逃家從軍，陰錯陽差，輾轉來臺。一九五一年得沙牧賞識，為其啟蒙寫詩，第一首詩發表於《新生報》。一九五四年拜識紀弦、覃子豪等前輩詩人，加入「現代派」。其後創世紀詩社成立，成為其一員。一九六九年自軍中退伍，加入科學月刊之科普推廣工作，擔任經理、社長。兼擅小說、雜文、電視劇本。著有詩集《軍曹手記》（藍星，1950）、《豹》（漢光，1988）、《因海之死》（尚書，1990）、《在那張冷臉的背後》（爾雅，1995）、《辛鬱·世紀詩選》（爾雅，2000），及短中篇小說集四冊，主編《九十年代詩選》、《八十四年詩選》等多種選集。

其詩風早期承繼了楊喚與綠原等詩人入世悲憫的人道關懷，晚近漸趨於沉鬱澄靜、以更高遠的視野、也更內化的心境面對紛亂的世紀，更加起落自如、冷準而能一擊中的。

延伸閱讀

1 沈奇：〈冷臉、詩心、豹影——辛鬱詩散論〉，見沈氏著《台灣詩人散論》，臺北：爾雅出版社，1996。

2 李豐楙：〈辛鬱：「演出的我——第二齣」、「豹」之賞析〉，見林明德等編《中國新詩賞析（三）》，臺北：長安出版社，1981。

3 蕭蕭：〈辛鬱作品「原野哦」賞析〉，張漢良、蕭蕭主編《現代詩導讀（一）》，臺北，故鄉出版社，1979。

4 張漢良：〈辛鬱作品「順興茶館所見」賞析〉，同前註3。

5 陶保璽：〈在那張冷臉背後，且聽豹的嘯吟——兼論辛鬱詩歌中自我形象的塑造〉，《台灣詩學季刊》第27～28期，1999.6～9。

6 李瑞騰：〈釋辛鬱的「豹」〉，見李氏著《詩的詮釋》，臺北：時報文化，頁91～103，1982。

7 丁旭輝：《論辛鬱詩中的自我審視與現實觀照》，創世紀詩雜誌第148期，頁164～174，2006.9。

8 陳祖君：《詩人小說家的逍遙與拯救——辛鬱論》，創世紀詩雜誌第133期，頁129～142，2002.12。

天窗

鄭愁予

每夜，星子們都來我的屋瓦上汲水
我在井底仰臥著，好深的井啊。

自從有了天窗
　就像親手揭開覆身的冰雪
——我是北地忍不住的春天

星子們都美麗，分占了循環著的七個夜，
而那南方的藍色的小星呢？
源自春泉的水已在四壁間蕩著
那叮叮有聲的陶瓶還未垂下來。

啊，星子們都美麗
而在夢中也響著的，祇有一個名字
那名字，自在得如流水……

——一九五七年
——選自張默、瘂弦編《六十年代詩選》頁二〇三（大業書店，一九六一年一月）

知風草

鄭愁予

晚虹後的天空，又是，桃花宣似的了
被裱褙的亂雲，是寫在
信風上的書法，我猶存
受贈者的感覺，猶記簷滴斷續地讀出
而結束於一聲鼓……那夕陽的紅銅的音色

小窗，郵箱嘴般的
許多永晝，題我的名投入
（是題給鬢生花序的知風草吧？）而
驚蟄如歌，清明似酒，惟我
卻在穀雨的絲中，懶得像一隻蛹了

——一九五七年

——選自張默、瘂弦編《當代中國新文學大系》（天視出版事業有限公司，一九八〇年四月）

邊界酒店

鄭愁予

秋天的疆土，分界在同一個夕陽下
接壤處，默立些黃菊花
而他打遠道來，清醒著喝酒
窗外是異國

多想跨出去，一步即成鄉愁
那美麗的鄉愁，伸手可觸及

或者，就飲醉了也好
（他是熱心的納稅人）
或者，將歌聲吐出
便不祇是立著像那雛菊

祇憑邊界立著

——一九六五年

——選自《鄭愁予詩集（一九五一～一九六八）》（洪範書店，一九七六年）

教授餐廳午餐感覺

鄭愁予

與一行灰髮人依次入座
在骨老紋重的桌面
放下食盤……
　多是以清水佐餐

法蘭絨身存溫厚
話出輕暖
推高眼鏡傾神的聽著
常是一語牽轉千年
幾個字布局萬里
　千年萬里
　原不過是一些
話題

另有一隅　桌小人雙
男女湊首激辯
還有一方　桌寬杯多
新手教授在一陣椅腿的騷動間
急步離去
　必然每人還有一個
　長長的下午

灰髮人依次起座
僅有一人靠著椅背掣出煙斗來
含好　點了火　而不抽
只用拇指　環球摩挲
感覺
　身在異國

——選自《寂寞的人坐著看花》（洪範書店，一九九三年二月）

作者簡介

鄭愁予，本名鄭文韜，河北人，一九三三年生於山東濟南一個軍人家庭，幼年隨父轉戰馳徙於大江南北。初中二年級即開始寫詩，十五歲即發表詩作，來臺後住在新竹。畢業於中興大學法商學院（臺北），其後於基隆海關工作，一九六八年應邀赴美愛荷華國際寫作班研究，獲藝術碩士學位。現任教於耶魯大學東亞語文學系。出版有詩集《夢土上》（現代詩社，1955）、《衣缽》（商務，1966）、《窗外的女奴》（十月，1967）、《長歌》（自印，1968）、選集有《鄭愁予詩選集》（志文，1974，二四五頁）及《鄭愁予詩集（一九五一～一九六八）》（洪範，1976，三四一頁），停筆多年後復出，出版風格迥異之詩集有《燕人行》（洪範，1980）、《雪的可能》（洪範，1985）、《刺繡的歌謠》（聯合文學，1987）、《寂寞的人坐著看花》（洪範，1993）等。

其詩風早年夢幻浪漫，在文壇形成愁予風，推動人人心中一朵雲，造成「美麗的騷動」。復出後的風格高雅沉靜，若似頓悟出塵，予人輕靈安詳之感。

延伸閱讀

1 楊牧：〈鄭愁予傳奇〉，收入《鄭愁予詩集（一九五一～一九六八）》，臺北：洪範書店，1976。

2 渡也：〈談鄭愁予的田園詩〉，見《新詩補給站》頁97～104。臺北：三民書局，1995。

3 廖祥荏：《鄭愁予詩研究》，東吳大學中文研究所碩士論文，1997。

4 張梅芳：《鄭愁予詩的想像世界》，文化大學中文研究所碩士論文，1996。

5 張漢良：〈鄭愁予作品「邊界酒店」、「卑亞南蕃社」導讀〉，《現代詩導讀（一）》，臺北：故鄉出版社，1979。

6 蕭蕭：〈鄭愁予作品「天窗」導讀〉，同註5。

春

非馬

一張甜美但太短的
床
冬眠裡醒來
才伸了個懶腰
便頂頭抵足

——選自非馬編《台灣現代詩選》（香港文藝風出版社，一九九一年三月）

夜聽潮劇

非馬

又有那一個白髮蒼蒼的頭顱
在刀光下隨鑼鼓聲聲滾出午門
又有那一個後宮薄命的粉頸
在越絞越緊的絲絃裡斷氣
廟前燈火輝煌的戲臺下
一個熬夜的小戲迷
終於也垂首斜脖
在他父親的懷裡
沉沉睡去

醒來
已是幾個年代後的異地

戲早散
千百年的沉冤
也已在泛白的曙光裡昭雪

鑼停鼓歇的唱片
卻兀自嗡嗡轉動
一個不死的雄心
在密密紋溝圍困的垓下
一次又一次
舉劍自刎

——一九八三年三月二十一日

——選自張默等編《中華現代文學大系一九七〇～一九八九》（九歌出版社，一九八九年）

越戰紀念碑

非馬

一截大理石牆
二十六個字母
便把這麼多年輕的名字
嵌入歷史

萬人塚中
一個踽踽獨行的老嫗
終於找到了
她的愛子
此刻她正緊閉雙眼
用顫悠悠的手指
沿著他冰冷的額頭

找那致命的傷口

——一九八五年二月九日

——選自張默等編《中華現代文學大系一九七〇～一九八九》（九歌出版社，一九八九年）

皮薩斜塔

非馬

一下遊覽車我們便看出了局勢
同大地較勁
天空顯然已漸居下風

為了讓這精彩絕倫的競賽
能夠永遠繼續下去
我們紛紛選取
各種有利的角度
在鏡頭前作出
努力托塔的姿勢

當地的導遊卻氣急敗壞地大叫

別太用力
這是一棵
不能倒塌更不能扶正的
搖錢樹

——選自辛鬱等編《九十年代詩選》（創世紀詩雜誌社，二〇〇一年二月）

作者簡介

非馬，本名馬為義，廣東潮陽縣人，一九三六年九月三日生於臺中，家中經營餅店。同年和全家人返回廣東鄉間，戰後一九四八年才再來臺。一九五八年臺北工專機械科畢業，一九六一年秋赴美留學，獲美國馬開大學機械工程碩士，一九六七年進入威斯康辛大學深造，獲核工博士，曾任職美國阿岡國家研究所，現已退修，專心從事文學與藝術（繪畫及雕塑）創作，並在中文報上撰寫專欄。著有詩集《在風城》（笠詩社，1975）、《白馬集》（時報文化，1984）、《篤篤有聲的馬蹄》（笠詩社，1986）、《路》（爾雅，1986）、《飛吧！精靈》（晨星，1992）、《微雕世界——非馬詩集》（臺中市立文化中心，1998）、《沒有非結不可的果》（書林，2000）及詩選集《非馬詩選》（商務，1983）等。

非馬寫詩堅持以常語創造奇景，他提倡「詩的經濟觀」——「一個字可以表達的，絕不用兩個字；前人或自己已使用過的意象，如無超越或新意，便竭力避免」，他的詩是他知性思考的實踐，霹靂如閃電，絕不手軟，精準如冷光，醒人耳目。

延伸閱讀

1 劉強：《非馬詩創造》，分十八章，計二九〇頁，北京：中國文聯出版社，2001.5。

2 李豐楙：〈非馬作品「黃河」、「電視」、「夜笛」等之賞析〉，林明德等編《中國新詩賞析

（三）》，臺北：長安出版社，1981。
3 張漢良：〈非馬的「夜笛」導讀〉，見張漢良、蕭蕭主編《現代詩導讀（二）《，臺北：故鄉出版社，1979。
4 李敏勇：〈反逆思考——非馬的「魚與詩人」〉，見李氏著《台灣詩閱讀》，臺北：玉山社，2000。
5 和權：〈試析非馬的詩〉，見笠詩刊第130期，頁78～84，1985.12。
6 紀弦：〈讀非馬的「鳥籠」〉，見笠詩刊第187期，頁106～107，1995.6。

流浪者

白萩

望著遠方的雲的一株絲杉
望著雲的一株絲杉
一株絲杉
絲杉
在
地
平
線
上
一株絲杉

在地平線上

他的影子，細小。他的影子，細小
他已忘卻了他的名字。忘卻了他的名字。祇
站著。
　　　　　　　　　　祇站著。孤獨
　　　　地站著。站著。站著
　　　　　　　　　站著
向東方。
　　　　　　孤單的一株絲杉。

雁

白荻

我們仍然活著。仍然要飛行
在無邊際的天空
地平線長久在遠處退縮地引逗著我們
活著。不斷地追逐
感覺它已接近而抬眼還是那麼遠離

天空還是我們祖先飛過的天空。
廣大虛無如一句不變的叮嚀
我們還是如祖先的翅膀。鼓在風上
繼續著一個意志陷入一個不完的魔夢

在黑色的大地與

奧藍而沒有底部的天空之間
前途祇是一條地平線
逗引著我們
我們將緩緩地在追逐中死去，死去如
夕陽不知覺的冷去。仍然要飛行
繼續懸空在無際涯的中間孤獨如風中的一葉

而冷冷的雲翳
冷冷地注視著我們。

樹

白荻

我們站著站著站著如一枝入土的
椿釘，固執而不動搖
喔，老天，這是我們的土地，我們的墓穴
即使把我們踢成一個旋錘
無止境的驅迫
這是我們的土地，我們的墓穴
把我處刑成為一柄火把
燒爛每一個呼喊的毛細孔
仍以頑抗的爪，緊緊的攫住
這立身之點
這是我們的土地，我們的墓穴

廣場

白萩

所有的群眾一哄而散了
　　　　回到床上
　去擁護有體香的女人

而銅像猶在堅持他的主義
對著無人的廣場
振臂高呼

只有風
頑皮地踢著葉子嘻嘻哈哈
在擦拭那些足跡

——以上四詩選自《風吹才感到樹的存在》（光復書局，一九八九年六月）

作者簡介

白萩，本名何錦榮，一九三七年生於臺灣臺中市，臺中商職畢業。一九五三年開始接觸新詩，一九五五年獲中國文藝協會第一屆新詩獎。初為《藍星》詩社主幹，後為《現代派》同仁，《創世紀》詩刊編委，及《笠》詩社發起同仁與主編。現為亞洲國際詩刊《亞洲現代詩集》編輯委員之執行主編，臺灣現代詩人協會理事長。一九九四年獲臺灣「榮後詩獎」、吳三連文藝獎。著有詩集《蛾之死》（1959）、《風之薔薇》（1965）、《天空象徵》（1969）、《白萩詩選》（三民，1971）、《香頌》（笠詩社，1972）、《詩廣場》（熱點文化，1983）、《風吹才感到樹的存在》（光復，1989）、《自愛》（笠詩社，1990）、《觀測意象》（臺中市立文化中心，1991），詩論集《現代詩散論》等。

臺灣現代詩的成長，自一九四九年以後，白萩應是最完整、最全面的參與者，十七歲即發表詩作，引起注目，歷經臺灣各重要詩社的變遷，足見胸襟開闊，獲得不同門派的倚重與肯認；嘗試各種不同的詩技巧，現代主義、超現實主義、現實主義、圖象詩、鄉土語言，都曾在他的詩中徹底執行而有績效。

《六十年代詩選》這樣評述他：「近年來，詩人的作風與理論突變，成為一具有前衛精神之構成主義者，注重技巧，醉心於詩的繪畫性，在詩壇上強調以圖示詩的恐怕莫過於白萩和林亨泰兩人了。」《七十年代詩選》則曰：「他時常告誡自己『我要開採那些未被發現的』。試觀作者自《風的薔薇》後的一系列詩作，沒有早期那種過於偏重技巧的轍痕，他不再走所謂『形式說』的老路，而強調靜觀，強調準確，強調深度與密度。」《天空象徵》之後的作品，梁景峰說得極為得當：「《天空象徵》可以說是白萩技巧取向和內容取向分別極致發揮，又能融合一體的高峰。依我的高見，這部詩集是日常的白話語言達到高度精練，精確有力的成功藝術。更重要的是，人物形象的『行動』在詩的末尾常迸出令人意外的飛躍性的變化；這是白萩詩作張力和震撼力的奧秘。」（見梁景峰〈台灣之火〉，《風吹才感到樹的存在》附錄）。

延伸閱讀

1 白萩：《風吹才感到樹的存在》，臺北：光復書局，1989。
2 白萩：《現代詩散論》，臺北：三民書局，1972。
3 陳義芝：《不盡長江滾滾來》第六章「六十年代名家詩選注．白萩詩選」，臺北：幼獅文化公司，1993。
4 翁燕珍：〈白萩新詩詩風研究〉，笠詩刊第187及188期，1995.6及1995.8。
5 張春榮：〈從杜甫的「孤雁」看白萩的「雁」〉，見《中華現代文學大系．評論卷》，頁1030～1042，1989。
6 劉登翰等：〈林亨泰、白萩、陳千武與「笠」詩人群〉，見《台灣文學史》，海峽文藝出版社，1993。

簫孔裡的流泉

葉維廉

鳥鳥鳥鳥
一片織得密不通風的鳥聲
隨著朝霞散開

透明
便肌膚似的
延伸起來
城市渺小了

最後一顆晨星淡滅

高山上

泉水穿入一枝巨大的橫簫的體內
從簫孔裡
流出

紅木凝聽
溪石擷奏
山翠濃淺濃淺的伴著
入谷出谷
入雲出雲
谷凝聽
雲擷奏

直到

瀑布一瀉
瀉入洗衣洗菜洗肉洗化學染料洗機身車身的
一片密不通風的馬達的人聲

人人人馬達馬達人人人馬達人
響徹雲霄

——選自《野花的故事》（中外文學月刊社，一九七五年八月）

冰河的超越

葉維廉

我們只能以相似的沉默
去抵住
億萬年晶白橫千里的大靜大寂
們的思維彷彿束手待擒
瞿然被全線鎮住
切斷
無從伸入
那冰雲高飛雪雨橫瀉天地一色的茫茫
我們的呼吸瞿然被屏住
我們要重新調整
呼吸的速度
緩慢、緩慢、再緩慢

至零
去感觸
冰河分釐的推逼
一千條垂天的冰河
一萬里動猶未動隱隱的湧流
橫空一片白，啊不，奪目盲目的一片晶藍
我們從沒有見過如此奇特閃爍的晶藍
我們亢奮而頭空目眩
我們雀躍而情緒糾結
億萬年動猶未動的湧流上
看：千千萬萬
被凝固的呼喊
倒插的刀鋒
互相擠壓著
互相擠壓著
等待
等待

冰床岩再一次的滑動
等待了千年的呼喊
也許就在此刻
與冰河母體分裂
以震耳欲聾的濺響崩墜
加入釋放的流冰
漂入遙遠的永續不斷的循環？
冰河凝固如磐石
動猶未動
我們只能等待
　　等待
以零度的呼吸
以寂寂的脈搏
去探測
冰河若虛若實的推逼
去思入
億萬年千萬里冰河的超越

——選自《冰河的超越》（三民書局，二〇〇〇年十一月）

作者簡介

葉維廉，廣東中山人，一九三七年生，少年時代在香港度過，中學時期廣泛接觸五四以來的新詩，五十年代初期與王無邪、崑南等在香港合編《詩朵》詩刊，一九五五年考入臺大外文系，畢業後入師大英語研究所，獲碩士學位，一九六三年赴美留學，獲普林斯頓大學比較文學博士，現任教於聖地牙哥加州大學。著有詩集《賦格》（現代詩，1963）、《愁渡》（晨鐘，1969）、《醒之邊緣》（環宇，1971）、《野花的故事》（中外文學，1975）、《松鳥的傳說》（四季，1982）、《三十年詩》（東大，1987）、《留不住的航渡》（東大，1987）、《冰河的超越》（2000），另有詩論集《秩序的生長》、《比較詩學》等多種。

臺灣現代詩壇上能夠知道自己為何而寫、如何寫出的詩人並不多，葉維廉是極少數能建立自己的美學觀點、詩學體系，且能驗證於自己所創作的詩篇的詩人。他是國際知名的比較文學學者，一生戮力於中西詩學的匯通，傳述道家美學不遺餘力，所學見證所作，所作應驗所學，學理與創作雙軌並進，時而平行，時而疊合，遊刃有餘，逍遙無際。以這樣的觀點去看待葉維廉的詩作，就不會在現實的關懷上懷疑他的第二故鄉何在。詩人以其先天氣質、文化背景，決定作品風格，葉維廉所展現的優遊自在，正因為他是「人文風景的鐫刻者」。

延伸閱讀

1 葉維廉：《三十年詩》，臺北，東大圖書公司，1987。

2 廖棟樑、周志煌編《人文風景的鐫刻者》（葉維廉作品評論集），臺北：文史哲出版社，1997。

檳榔樹

李魁賢

跟長頸鹿一樣
想探索雲層裡的自由星球
拚命長高

堅持一直的信念
無手無袖
單足獨立我的本土
風來也不會舞蹈搖擺

愛就像我的身長
無人可以比擬
我固定不動的立場

要使他知道
我隨時在等待

我是厭倦遊牧生活的長頸鹿
立在天地之間
成為綠色的世紀化石
以累積的時間紋身
雕刻我一生
不朽的追求歷程和記錄

——一九八四年十二月十六日
——選自《水晶的形成》（笠詩刊社，一九八六年）

作者簡介

李魁賢，臺北縣淡水人，一九三七年出生，臺北工專畢業，早於一九五三年開始即以「楓堤」筆名寫詩，一九六四年參加「笠詩社」，後為笠詩刊社務委員，曾任臺灣筆會會長，自營名流企業有限公司，擔任臺灣北社副社長，二〇〇一年獲得賴和文學獎、行政院文化獎。著有詩集《靈骨塔及其他》（1963）、《枇杷樹》（1964）、《南港詩抄》（1966）、《赤裸的薔薇》（1977）、《李魁賢詩選》（1985）、《水晶的形成》（1986）、《輸血》（1986）、《永久的版圖》（1990）、《祈禱》（1993）、《黃昏的意象》（1993年）等部，另有評論集《心靈的側影》、《台灣詩人作品論》、《詩的反抗》等。

一九七九年，李魁賢自創三個名詞，將臺灣詩壇作品分為三類：「純粹經驗論的藝術功用導向」、「現實經驗論的社會功用導向」、「現實經驗論的藝術功用導向」，以為臺灣詩作要能結合現實經驗與藝術功用才是真正好作品。一方面重視來自土地來自人民的現實經驗，一方面強調轉化的藝術手法，因此，相傳李魁賢曾是二〇〇一年諾貝爾文學獎候選人之一，或許是這種勇於面對時代、勇於面對生活、勇於面對臺灣所獲致的殊榮。

延伸閱讀

1 李魁賢：《李魁賢詩集》（六冊），行政院文建會，2001。

2 李魁賢：《台灣詩人作品論》，臺北：名流出版社，1986。

3 巫永福等：〈李魁賢作品討論會〉，見《文學界》第7期，頁4～17，1983.8。

4 鄒建軍：〈論李魁賢的詩學觀〉（上、下），見文訊雜誌第22～23期，1990.11～12。

5 蕭蕭：〈李魁賢「叮嚀」導讀〉，見《現代詩導讀》，臺北：故鄉出版社，1979。

瘦金體

隱地

肥胖的婦人
在婚姻末期邂逅並且突然愛上了一個瘦金體的男子

骨肉相連的風景
想是一首宋詩

——選自《生命曠野》（爾雅出版社，二〇〇〇年）

換位寫詩

隱地

小草以歡欣的舞姿
迎接朝霞的映照

咖啡以熱情的香氣
迎接杯子的邀請

跑道以筆直的軍禮
迎接輪子的滾動

我以擁抱的姿勢
迎接你的情慾體操

——選自《詩歌鋪》（爾雅出版社，二〇〇二年）

作者簡介

隱地，本名柯青華，浙江永嘉人，一九三七年生。臺灣著名出版家，爾雅出版社發行人，早年創作小說，後以小品文、手記文學而有名，其「人性三書」：《心的掙扎》、《人啊人》、《眾生》，閃現生活智慧，拔高小品散文的哲學高度。一九九三年五十六歲開始寫詩，兩年後即出版第一本詩集《法式裸睡》。著有五本詩集《法式裸睡》（1995）、《一天裡的戲碼》（1996）、《生命曠野》（2000）、《詩歌鋪》（2002）、《風雲舞山》（2010），均由爾雅出版。

陳義芝（1953-）在序文中指出：「因為歲月已長，故登臨俯瞰的角度自大；因為閱歷已豐，故人間之潛像、潛力儲積必富；因為生活無憂，故較青年時更充具藝術創作時所需的氣定神閒。」孫敏學則以為：「對於五十六歲的老作家兼新詩人而言，隱地的詩歌取景很自然地拋卻了奇幻的想像，其詩境傾向於對社會化人生的感悟和解剖，……帶有明顯的哲理性和社會性。」一生都生活在臺灣最繁華也最煩忙的臺北都城，隱地體驗都市，閃現生命智慧，因而成為都市心靈的工程師，精確刻劃生存於都市裡人的悲喜原貌，具體顯映人的本質，深入挖掘人的本性。

延伸閱讀

1 孫學敏：《存在與超越——論隱地的詩歌世界》，臺北：爾雅出版社，2000。

2 張索時：《新詩八家論》，臺北：爾雅出版社，2006。

3 蘇靜君〈爾雅潮漲日：隱地散文研究〉，南華大學碩士論文，2008。

4 王盛弘：〈應該感謝誰——側寫隱地〉，幼獅文藝583期，2002年7月，頁24。

5 宋雅姿：〈隱地與他的文學宗教〉，文訊雜誌236期，2005年6月，頁133。

6 黃守城：〈浪漫與寫實之間——《詩歌鋪》裡的貨色試探〉，文訊雜誌198期，2002年4月，頁27～28。

7 劉俊：〈獨特而又純熟的詩世界——論隱地的《法式裸睡》〉，聯合文學152期，1997年6月，頁152～155。

8 顏秀芳：〈戰後臺灣情色詩研究（1950-2010）〉，國立彰化師範大學臺灣文學研究所碩士論文，2011年。

搖籃

林泠

她下葬那天，我們就知道
所有粼光洶湧亦將
入土——那載她俯仰了一世的
她的棺木搖晃著下沉像一條船

一只搖籃，攜著懵懂的生靈來去
卻祇步聞嬰啼。　家人
憂忡著，這辭歸的寒微
竟比擬於壇下的紙花
和喧嘩：較之於生
生的豐盈優渥與洶美——

那妝鏡想必已碎了
曾經，如此細心地置放
在她冰冷的錦被之旁
那些顏彩，莫不早已潑灑
家人憂忡著——另一個世界
會有怎樣的光

怎樣的映照給她
依舊描出美麗的臉譜？
而這些，也無非僅是
一列抽象的辯證；我們

不都曾聽說，那世世傳聞卻未證實的
允諾：美與權力
在另一個世界的黝暗裡
將不再是議題

史前的事件

林泠

愛情絕然是
一樁史前的事件。幾乎
我能肯定它的發生
在燧石取火之前
或是燧木；或是
任何妳選擇燃燒的
軀體與魂魄……它們
最終的昇華之前。甚至
我敢說，神農的稼穡
是近乎寫意的臨摹，當祂

細細地犁，深深地耡
將億萬的種子撒入

那黝黑的、亙古的肥沃——
史前的事件：無疑的
發生在地球的燠煖
之前，冰川的

解凍之前；那是
銀河與星爆的邊緣
沙漠和大海濤……沸騰
枯竭、動盪與割裂

寒冷的邊緣。那時
洪荒的方舟未築
熒惑的小月
未度：這樣匆匆地就開始了

一樁來生的事件。

附註：熒惑，火星別名。火星之月名Phobos，發現於一八七七年。據希臘神話記載，Phobos為戰神之子，司「恐懼」，此處借用為詩中主要暗喻之一。

給林羚

——一九九一年法蘭克福客棧

林泠

一對年老的夫妻曾在這門前道別。他們
被兒女揚棄，必須各自東西，尋找他們
各自的寄居。後來說是那男的去了荷蘭
上了船；而女的呢……，太老了，淪落
都不易，她穿著小時母親改過的舊皮襖
站在覆雪的山坳上，一個瑞士農夫走過
還以為是羊，就幫她還給了土，落了戶

——一九九八年

作者簡介

林泠，女，本名胡雲裳，廣東開平人，一九三八年生於四川省江津縣，童年於西安和南京度過。一九五八年畢業於臺灣大學化學系，赴美後獲佛吉尼亞大學博士學位。任職於美國化學界。著有詩集《林泠詩集》（臺北：洪範，1982，一七九頁；洪範，1998，一九一頁），《在植物與幽靈之間》（臺北：洪範，2003）。

林泠於一九五二年，即十五歲時即發表詩作，大部份作品在大學時期的一九五五至一九五七年寫成，以四十三首詩即奠定了在詩壇的地位。其特色在於「能以極流利之筆觸，將她對宇宙萬事萬物所呈現的和諧的情態，很輕逸地表達了出來，同時更處處充滿著對自然、生命與愛情的玄想。」（見張默、瘂弦主編之《六十年代詩選》，大業，1961）。

延伸閱讀

1 楊牧：〈《林泠詩集》序〉，《林泠詩集》，臺北：洪範書店，頁4，1982。

2 鍾玲：〈五十年代清越的女高音〉第三節論林泠，見其所著《現代中國繆司》，臺北：聯經出版社，1989。

3 李元貞：《女性詩學——台灣現代女詩人集體研究1951～2000》，臺北：女書文化出版，

2000。

4 王惠萱：《台灣現代女詩人作品主題研究》，國立中正大學中文研究所碩士論文，2001。

5 季紅：〈林泠對生命的探索和她的語言運作〉，見現代詩季刊復刊第2期，1982.10。

6 蕭蕭：〈林泠的「不繫之舟」〉，中央日報第21版，1997.3.5。

7 唐捐：〈縱一葦之所如——讀林泠的「不繫之舟」〉，見《國文天地》第13卷第2期，頁6～63，1997。

流螢

楊牧

上

蜈蚣的毒液，荊棘的
蔭涼佈滿了退潮後的膚色
斷橋以東是攤開的黑髮
我偽裝成疲倦的歸人
打著雙槳
划進這個彷彿陌生的河灣

懷裡揣著破舊的星圖
今夜風大
葉密如許我還能窺見
酒菜完畢坐著飲茶的仇家

中

這橘花香的村子合當
焚落：煙霧要繞著古井
直到蛙鳴催響。我們從
灰燼上甦醒
鳥逸入雲。寂
靜

我的白骨已經風化成缺磷的窘態
雨前雨後，卻也
十分憂鬱十分想家。這時
總有一點螢火從廢園舊樓處流來
輕巧地，羞怯地
是我仇家的
獨生女吧，我誤殺的妻

下

故事是沒有結尾的故事
鐃鈸擊打著亡魂的
節日。桃樹照常生長

當我因磨刀出汗
山坡泛白，水為沉舟而蕩漾
酒在壺底變酸，淚映照
好一隊隊候鳥遷徙於新降，熟悉的霜

我的悼祭者流落在外地
有的打鐵，有的賣藥

——一九六九年十一月二十五日

——選自《楊牧詩集I：一九五六～一九七四》（洪範書店，一九七八年九月）

熱蘭遮城

楊牧

一

對方已經進入燠熱的蟬聲
自石級下仰視，危危闊葉樹
開便是風的床褥——
巨礮生銹。而我不知如何於
硝煙疾走的歷史中冷靜蹂躪
她那一襲藍花的新衣服

有一份燦然極令我欣喜
若歐洲的長劍斗膽挑破
顛倒的胸襟。我們拾級而上
鼓在軍中響，而當我

解開她那一排十二隻鈕扣時
我發覺迎人的仍是熟悉
涼爽的乳房印證一顆痣
敵船在海面整隊
我們流汗避雨

二

敵船在積極預備拂曉的攻擊
我們流汗部署防禦
兩隻枕頭築成一座礮臺
蟬聲漸漸消滅，亞熱帶的風
鼓盪成波動的床褥
你本是來自他鄉的水獸
如此光滑如此潔淨
你的四肢比我們修長

你的口音彷彿也是清脆的
是女牆崩落時求救的呼喊
彷彿也是枯井的虛假
我俯身時總聽到你
空洞的回聲不斷

三

巨礮生銹，硝煙在
歷史的斷簡裡飛逝
而我撫弄你的腰身苦惱
這一排綠油油的闊葉樹又在
等候我躺下慢慢命名

自塔樓的位置視之
那是你傾斜的項鍊一串
每一顆珍珠是一次戰鬥

樹上佈滿火併的槍眼
動人的荷蘭在我硝煙的
懷抱裡滾動如風車

四

默默數著慢慢解開
那一襲新衣的十二隻紐扣
在熱蘭遮城，姊妹共穿
夏天易落的衣裳：風從海峽來
並且撩撥著掀開的蝴蝶領
我想發現的是一組香料群島啊，誰知
迎面升起的仍然只是嗜血的有著
一種薄荷氣味的乳房。伊拉
福爾摩莎，我來了仰臥在
你涼快的風的床褥上。伊拉

福爾摩莎，我自遠方來殖民
但我已屈服。伊拉
福爾摩莎。伊拉
福爾摩莎

——一九七五年

——選自《楊牧詩集II：一九七四～一九八五》（洪範書店，一九八五年九月）

客心變奏

大江流日夜，客心悲未央
——謝朓

楊牧

我靜默凝視，注意
天體如何交迭從眼前經過
無窮的色彩如何充斥我微微衰弱的心
聲音在四方傳播並且愈來愈雜而強烈——
是各自競爭折射的光干涉著我？當我
聚全部精神試圖這樣將一切捕捉
將一切收攏到我的胸臆，不知道是
落寞還是哀傷，這一刻我面向

大江，遂以多情的手勢招呼著風
一排枯萎的楊柳在彷彿雷霆裡低昂
而我獨立於時空相拍擊的一點
灰白的頭髮朝一個方向飄泊，隨那漸次
轉黯的天色而模糊，終於妥協
肯定一切擁有的和失落的無非虛無

大江流日夜
不要撩撥我久久頹廢的書和劍
我向左向右巡視，只見蘆荻在野煙裡
無端搖曳點頭，剎那間聲色
滅絕而宇宙感動地以帶淚的眼光閃爍
看我，將遠近所有的動力因子緊緊扣住
不讓它以那啟迪之力，以造物驅使的
情懷慫恿我，以衝刺冒險的本能

以欲以望

或者因為那一切或者
不讓我在黑暗裡嘆息
在流離的，遠遠被拋棄，剝奪了
愛和關注的陰影裡哭泣：
大江流日夜

——一九九二年

——選自《時光命題》（洪範書店，一九九七年十二月）

細雪

楊牧

昨夜掠過群山歸來的，無聲
想就是久違的心事
自沉湎死去的谷壑深處
我親眼看見她推開院子一角門
惴惴躡足，逡巡
遂去，大寒天裡
終於留下痕跡

——一九九六年

——選自《時光命題》（洪範書店，一九九七年十二月）

作者簡介

楊牧，本名王靖獻，臺灣花蓮人，一九四〇年九月六日生。東海大學外文系畢業、美國愛荷華大學藝術碩士、柏克萊加州大學比較文學博士。任教於華盛頓大學等多所名校，近甫由國立東華大學文學院院長卸任，現任中央研究院文哲所所長。十五歲以「葉珊」為筆名，結集的詩作有《水之湄》（1960）、《花季》（1963）、《燈船》（1966）、《非渡集》（1969），以及《傳說》（1971）等。1972年起啟用「楊牧」為筆名，另結集的詩作有《瓶中稿》（志文，1975）、《北斗行》（洪範，1978）、《吳鳳》（1979）、《禁忌的遊戲》（1980）、《海岸七疊》（1980）、《有人》（1986）、《完整的寓言》（1991）、《時光命題》（1997），及合集《楊牧詩集Ⅰ（一九五六～一九七四）》、《楊牧詩集Ⅱ（一九七四～一九八五）》、《涉事》（2001）（均洪範版）等，另有散文、論述多種。

其詩風屢變，對形式及題材從事長期的鍛鍊與實驗，「藉史詠事，寓古諷今，緬懷鄉關，均能揉成一體，深得中國現代新詩與古典相結合的真趣。」（楊子澗語，見延伸閱讀中之註6）

延伸閱讀

1 何雅雯：《創作實踐與立體追尋的融攝：楊牧詩文研究》，國立臺灣大學中文研究所碩士論文，2000。

2 簡文志：《楊牧詩研究》，東吳大學中文研究所碩士論文，2000。

3 石計生：〈布爾喬亞詩學論楊牧〉，收入鄭明娳、孟樊編《當代台灣文學評論大系．新詩批評卷》，臺北：正中書局，1993。

4 孫維民：〈現代詩的音樂性——以楊牧詩為例〉，臺灣詩學季刊第27期，1993。

5 羅青：〈楊牧的「孤獨」〉，見《從徐志摩到余光中》，臺北：爾雅出版社，1978。

6 楊子澗：〈「傳統」中的葉珊與「年輪」裡的楊牧〉，收入張漢良、蕭蕭編《現代詩導讀．批評篇》，臺北：故鄉出版社，1979。

7 吳婉茹：〈詩的創作與累積——楊牧公開獨門秘笈〉，見中央日報第18版，1996.12.7~8。

8 陳芳明：〈讀楊牧〉，見聯合文學月刊，頁181~183，2001.3。

9 陳芳明：〈永恆的鄉愁——楊牧文學的花蓮情緒〉，見《後殖民台灣》，臺北：麥田出版社，2002。

我已經走向你了

敻虹

你立在對岸的華燈之下
眾弦俱寂，而欲涉過這圓形池
涉過這面寫著睡蓮的藍玻璃
我是唯一的高音

唯一的，我是雕塑的手
　　　雕塑不朽的憂愁
那活在微笑中的，不朽的憂愁
眾弦俱寂，地球儀只能往東西轉
我求著，在永恆光滑的紙葉上
求今日和明日相遇的一點
而燈暈不移，我走向你

我已經走向你了
眾弦俱寂
我是唯一的高音

——一九六〇年

水紋

敻虹

我忽然想起你
但不是劫後的你，萬花盡落的你

為什麼人潮，如果有方向
都是朝著分散的方向
為什麼萬燈謝盡，流光流不來你

稚傻的初日，如一株小草
而後綠綠的草原，移轉為荒原
草木皆焚：你用萬把剎那的
情火

也許我只該用玻璃雕你
不該用深湛的凝想
也許你早該告訴我
無論何處，無殿堂，也無神像

忽然想起你，但不是此刻的你
已不星華燦發，已不錦繡
不在最美的夢中，最夢的美中

忽然想起
但傷感是微微的了，
如遠去的船
船邊的水紋……

——一九六〇年

夢

夐虹

不敢入詩的
來入夢

夢是一條絲
穿梭那
不可能的
相逢

——一九七五年八月永和
——以上三詩選自《夐虹詩集》（大地出版社，一九七六年）

作者簡介

敻虹，女，本名胡梅子，一九四〇年十二月一日生於臺東。國立臺灣師範大學藝術系畢業，東海大學哲學研究所博士，藍星詩社同仁，曾任中學教師，且從事室內設計及插圖工作，現任美國西來大學教授。曾赴美國愛荷華大學「國際工作坊」研究。後於佛光山受持五戒、菩薩戒，法名弘慈。現寓居美國。詩集有《金蛹》（藍星詩社，1968）、《敻虹詩集》（大地，1976）、《紅珊瑚》（大地，1988，獲中山文藝獎）、《愛結》（大地，1991）、《觀音菩薩摩訶薩》（大地，1997）、《稻草人》（三民）、《向寧靜的心河出航》（佛光，1999）等。

早期詩作以情詩為主，篇篇動人，其詩風婉約優美、凝想深湛。其後逐漸貼近現實，近年鑽研佛學，詩風得見禪悟及哲思。

延伸閱讀

1 洪淑苓：〈最美的語言，最美的花瓣——《敻虹詩集》〉，聯合報副刊，2000.9.8。

2 何寄澎：〈敻虹作品「海誓」、「等雨季過了」、「不題」、「水紋」、「懷人」二首、「水牋」「台東大橋」賞析〉，見林明德等編《中國新詩賞析》，臺北：長安出版社，1981。

3 張漢良：〈導讀敻虹「台東大橋」〉，見張漢良、蕭蕭主編《現代詩導讀（二）》，臺北：故鄉出版社，1979。

4 蕭蕭：〈導讀敻虹「如果用火想」〉，同註3。

5 鍾玲：〈五十年代清越的女高音〉論敻虹，見《現代中國繆司》第5章第3節，頁167~181，臺北：聯經出版社，1989。

6 敻虹得意的十首詩：〈我已經走向你了〉、〈水紋〉、〈夢〉、〈台東大橋〉（以上見《敻虹詩集》），〈又歌東部〉、〈山河戀〉、〈記得〉（以上見《紅珊瑚》），〈思想起〉、〈幻想〉（以上見《愛結》）、〈是故空中無色〉（見《向寧靜的心河出航》）。

觀劍

張錯

十年磨一劍，霜刃未曾試。
今日把示君，誰有不平事。
——賈島〈述劍感懷〉

綠油油青鯊鮫的長鞘，
冷豔豔白純鋼的鋒刃，
這是三尺半的長鋒
盈把可握的
是橢圓趁手的白鯊柄，
熟黃銅的護手，
澄澄然燦燦然。

左陰手捧劍鞘，
右陽手抓劍柄，
鞘下柄上，
喀嗒，拔劍一尺，
捧劍，看劍，
下劍鍔是渾厚的青鋼，
赫然，不多不少兩個大字——
龍泉！泉下是半條舞爪的惡龍
從右劍刃蜿蜒游向左劍刃，
半隻龍爪竟伸出劍鋒外來了，
微隆的劍背，
分出了惡龍先後的捧緣手；
噓吁！緩緩拔劍二尺
吐出了七顆星宿，
布成北斗位置——
天樞天璇天璣天權，

玉衡開陽搖光，
雖是曲折迴腸，
卻是井然有理；
呔！捧劍鞘變左陽手，
抓劍柄變右陰手，
翻過劍身看，
柔然竟是一隻飛騰的彩鳳
正在回眸遙視尾巴後面——
不多不少——的七顆星宿，
咄！不看！
拔劍三尺半！
泓然澈然一道龍泉的清水
在漫長的歷史凍成錚鏘的冰魄；
這時候——
右手劍，
左手鞘，
抓劍的腕勁暗暗一振，

嗡嗡嗡，劍舌顫動，
好悠長的一聲龍吟！
諾！好劍，好劍！
龍吟初歇，
又是一陣噤然的寒意，
趕緊右手垂劍，
左手提鞘，
喀喳，還劍入鞘。

——民國七十年（一九八一）十一月稿於洛城

——選自《張錯詩選》（洪範出版社，一九九九年）

作者簡介

張錯，本名張振翱，早年曾用筆名翱翱，廣東惠陽人，一九四三年十月二十五日生於澳門。國立政治大學西語系畢業，一九六七赴美，一九七四年得西雅圖華盛頓大學比較文學博士。現任南加州大學比較文學教授，兼東亞語文學系系主任。著作三十餘種，包括論述三種、詩十一冊、散本八冊，對中西方詩作之互譯，貢獻亦多。近期詩集有《張錯詩選》（洪範，1999）、《錯誤的十四行》（皇冠，1994）、《滄桑男子》（麥田，1994）、《細雪》（1996）、《流浪地圖》（河童，2001）等。

其詩作兼具感性婉約與狂烈豪放，經年身處異國，所寫又多故土風物人情，所思遂見深沉，宛若一首首的流浪之歌。「寓淒涼於溫情，合憂傷與喜悅於一爐」（楊牧語，見《張錯詩選》）。

延伸閱讀

1 張漢良：〈導讀翱翱「茶的情詩」〉，見《現代詩導讀（二）》，臺北：故鄉出版社，1979。

2 蕭蕭：〈導讀翱翱「家書」〉，見《現代詩導讀（二）》，臺北：故鄉出版社，1979。

3 蕭蕭：〈張錯「叢菊」品賞〉，見瘂弦、張默、蕭蕭編《天下詩選II》，臺北：天下文化，1999。

4 賴慈芸：《飄洋過海的繆思——美國詩作在台灣的翻譯史：一九四五～一九九二》，輔仁大學翻譯學研究所碩士論文，1994。

5 陳大為：〈是夢太韌，還是刀太軟——《張錯詩選》的一種讀法〉，中央日報第22版，1999.6.7。

6 張春榮：〈另有一番無人訴說的恣意——談張錯《細雪》〉，見文訊雜誌第127期，頁22~23，1997。

樓蘭新娘

席慕蓉

我的愛人　曾含淚
將我埋葬
用珠玉　用乳香
將我光滑的身軀包裹
再用顫抖的手　將鳥羽
插在我如緞的髮上

他輕輕闔上我的雙眼
知道　他是我眼中
最後的形象
把鮮花灑滿在我胸前

同時灑落的
還有他的愛和憂傷

夕陽西下
樓蘭空自繁華
我的愛人孤獨地離去
遺我以亙古的黑暗
和　亙古的甜蜜與悲悽

而我絕不能饒恕你們
這樣魯莽地把我驚醒
曝我於不再相識的
荒涼之上
敲碎我　敲碎我
曾那樣溫柔的心

只有斜陽仍是

當日的斜陽　可是
有誰　有誰　有誰
能把我重新埋葬
還我千年舊夢
我應仍是　樓蘭的新娘

附註：看中視「六十分鐘」介紹羅布泊，裡面有考古學者掘出千年前的木乃伊一具，據說髮間插有鳥羽，埋葬時應是新娘。

——一九八一年三月十四日
——選自《無怨的青春》（大地出版社，一九八三年）

一棵開花的樹

席慕蓉

如何讓你遇見我
在我最美麗的時刻　為這
我已在佛前　求了五百年
求祂讓我們結一段塵緣

佛於是把我化作一棵樹
長在你必經的路旁
陽光下慎重地開滿了花
朵朵都是我前世的盼望

當你走近　請你細聽

那顫抖的葉是我等待的熱情
而當你終於無視地走過
在你身後落了一地的
朋友啊　那不是花瓣
是我凋零的心

——一九八〇年十月四日
——選自《七里香》（大地出版社，一九八一年）

蒙文課

——內蒙古篇

席慕蓉

斯琴是智慧　哈斯是玉
賽痕和高娃都等於美麗
如果我們把女兒叫做
斯琴高娃和哈斯高娃　其實
就一如你家的美慧和美玉

額赫奧仁是國　巴特勒是英雄
所以　你我之間
有些心願幾乎完全相同
我們給男孩取名奧魯絲溫巴特勒
你們也常常喜歡叫他　國雄

鄂慕格尼訥是悲傷　巴雅絲納是欣喜
海日楞是去愛　嘉嫩是去恨
如果你們是有悲有喜有血有肉的生命
我們難道就不是
有歌有淚有渴望也有夢想的靈魂

（當你獨自前來　我們也許
可以成為一生的摯友
為什麼　當你隱入群體
我們卻必須世代為敵？）

騰格里是蒼天　以赫奧仁是大地
呼德諾得格　專指這高原上的草地
我們先祖獨有的疆域
在這裏人與自然彼此善待　曾經
有上蒼最深的愛是碧綠的生命之海

俄斯塔荷是消滅　蘇諾格呼是毀壞
尼勒布蘇是淚　一切的美好成灰

（當你獨自前來
這草原可以是你一生的狂喜
為什麼　當你隱入群體
卻成為草原的夢魘和仇敵？）

風沙逐漸逼近　徵象已經如此顯明
你為什麼依舊不肯相信
在戈壁之南　終必會有千年的乾旱
尼勒布蘇無盡的淚
一切的美好　成灰

——一九九六年七月十八日初稿，一九九九年二月五日修訂

——選自《邊緣光影》（爾雅出版社，一九九九年）

作者簡介

席慕蓉，女，蒙古察哈爾盟明安旗人，一九四三年十月十五日生。國立臺灣師範大學藝術系、比利時布魯塞爾皇家藝術學院畢業，並獲布魯塞爾市政府金牌獎及比利時王國金牌獎，舉行個人畫展十餘次，曾任新竹師範學院美勞系教授，現專業寫作及畫畫。著有論述二種，詩九種、散文十四種（含大陸版）。詩集有《畫詩》（皇冠，1979）、《七里香》（大地，1981）、《無怨的青春》（大地，1983）、《時光九篇》（爾雅，1987）、《河流之歌》（東華，1992）、《邊緣光影》（爾雅，1999）、《席慕蓉．世紀詩選》（爾雅，2000）、《迷途詩冊》（圓神，2002）等。

其早期詩風飄逸流蕩、用語淺近，影響海峽兩岸無數愛詩人。近年心靈回歸蒙古故園，所見既廣，題材亦見開闊，遂入深沉憂思。

延伸閱讀

1 鍾玲：〈七十、八十年代女詩人的感性世界〉，見《現代中國繆司》第7章第3節，臺北：聯經出版社，1989。

2 陳義芝：《從半裸到全開——台灣戰後世代女詩人的性別意識》，臺北：學生書局，1999。

3 劉維瑛：《八〇年代以降台灣女詩人的書寫策略》，國立成功大學中文研究所碩士論文，2000。

4 白靈：〈懸崖菊的變與不變——小評《席慕蓉．世紀詩選》〉，中央日報「閱讀與出版」，2000.12.27。

5 渡也：〈有糖衣的毒藥——評席慕蓉的詩〉、〈席慕蓉與我〉，見《新詩補給站》，臺北：三民書局，1995。

6 沈奇：〈邊緣光影佈清芬——重讀席慕蓉兼評其新集《迷途詩冊》〉，收入《迷途詩冊》附錄，臺北：圓神出版社，2002。

店仔頭

吳晟

或是縱酒高歌，猜拳吆喝
或是默默對飲，輕嘆連連
或是講東講西，論人長短
消磨百般無奈的夜晚

這是我們的店仔頭
這是我們的傳播站
這是我們入夜之後
唯一的避難所
千百年來，永遠這樣熱鬧
——永遠這樣荒涼

千百年來，千百年後
不可能輝煌的我們
只是一群影子，在店仔頭
模模糊糊的晃來晃去
不知道誰在擺佈

花生，再來一包
米酒，再來一杯
電視啊，汽車啊，城裡回來的少年啊
不必向我們展示遠方
豪華的傳聞

店仔頭的木板凳上
盤膝開講，泥土般笨拙的我們
長長的一生，再怎麼走
也是店仔頭前面這幾條
短短的牛車路

——選自《吳晟詩選》（洪範書店，二〇〇〇年五月）

蕃藷地圖

吳晟

阿爸從阿公粗糙的手中
就如阿公從阿祖
默默接下堅硬的鋤頭
鋤呀鋤！千鋤萬鋤
鋤上這一張蕃藷地圖
深厚的泥土中

阿爸從阿公石造的肩膀
就如阿公從阿祖
默默接下堅韌的扁擔
挑呀挑！千挑萬挑
挑起這一張蕃藷地圖

所有的悲苦和榮耀

阿爸從阿公木訥的口中
就如阿公從阿祖
默默傳下安分的告誡
說呀說！千說萬說
紀錄了這一張蕃藷地圖
多難的歷史

雖然，有些人不願提起
甚至急於切斷
和這張地圖的血緣關係
孩子呀！你們莫忘記
阿爸從阿公笨重的腳印
就如阿公從阿祖
一步一步踏過來的艱苦

——選自《吳晟詩選》（洪範書店，二〇〇〇年五月）

作者簡介

吳晟，本名吳勝雄，彰化溪洲人。一九四四年九月八日生，省立屏東農專畢業，曾任溪洲國中教師，退休後，任教中部靜宜大學。曾獲中國現代詩獎，應邀赴美國愛荷華大學「國際作家工作坊」訪問，二〇〇二年獲彰化縣文學貢獻獎。著有詩集《飄搖裡》（自費出版，1966；洪範，1985）、《真摯與奔放》（1975）、《吾鄉印象》（新竹：楓城，1976；洪範，1985）、《泥土》（遠景，1979）、《向孩子說》（洪範，1985）、《吳晟詩選》（洪範，2000）。

現實主義是目的論，也是方法論，其目的在具體呈現現實，積極批判現實，企圖改造現實；其方法則是以細膩鋪陳反映生活的真實，以塑造典型顯映本質的真實。目的與方法，合而為一。二十世紀前期的現實主義者賴和（1894~1943）如是，二十世紀後期的現實主義者吳晟（1944~）亦然，五十多年來吳晟植根於自己的土地，不曾遠離，臺灣農民、臺灣農地、臺灣農作：形成吳晟憫農詩篇的主要活力，而吳晟自己正是務農維生的農耕者，鋤耕與筆耕並行；二十多年來地方自治選舉，文宣、站臺，吳晟亦花費甚多心血，過程與結果兼顧。是狹義的、積極的現實主義者。

臺灣新詩的鄉土詩、田園詩以吳晟為代表，吳晟的田園詩、憫農詩則以鄉土的語言、樸素的生活風貌為其主軸，以固守家園、對抗沖激，顯現農民憨直性格。完全進入工商電子時代的臺灣社會，吳晟的田園作品、憫農精神，有著碩果僅存、彌足珍貴的價值。

延伸閱讀

1 吳晟得意詩作：〈堤上〉、〈異國的林子裡〉、〈我不和你談論〉、〈店仔頭〉、〈泥土〉、〈土〉、〈負荷〉、〈蕃藷地圖〉、〈我仍繼續寫詩〉、〈油菜花田〉、〈馬鞍藤〉、〈小小的島嶼〉。

2. 吳晟：《吾鄉印象》，臺北：洪範書店，1976；《吳晟詩選》，臺北：洪範書店，2000。

3 宋田水：《「吾鄉印象」的鄉土美學——論吳晟》，臺北：前衛出版社，1995。

4 朱光潛：《現實主義的美學》，臺北：金楓出版公司，1987。

5 蕭蕭：〈向孩子說些什麼？——讀吳晟的《向孩子說》〉，文訊雜誌第21期，頁218~226，1985.12。

6 掌杉：〈試論吳晟的《吾鄉印象》〉，見《明道文藝》第58期，頁150~158，1981.1。

風入松

蕭蕭

風來四兩多
松葉隨風款擺、吟誦
風去三四秒
五六秒
松，還在詩韻中
　動

仲尼回頭

蕭蕭

走過曲阜斜坡，仲尼曾經三次回頭，一次為顏淵、子路、曾參、宰我，一次為孔鯉、孔伋，另一次為門口那棵蒼勁的古柏。

走過魯國開闊的平疇，仲尼只回了兩次頭，一次為遍地青柯不再翠綠，遍地麥穗不再黃熟，一次為東逝的流水從來不知回頭而回頭，回頭止住那一顆忍不住的淚沿頰邊而流。

走過人生仄徑時，仲尼曾經最後一次回頭，看天邊那個仁字還有哪個人在左邊撐天上的那一橫地上的那一橫，留個寬廣任人行走。

作者簡介

蕭蕭，本名蕭水順，彰化社頭人，一九四七年生，輔仁大學中文系畢業，臺灣師範大學國文研究所碩士，曾參加《龍族》詩社，《詩人季刊》主編，現為《台灣詩學》季刊主編，南山中學教師，東吳大學兼任講師。著有詩集《悲涼》（爾雅，1982）、《毫末天地》（漢光文化，1989）、《緣無緣》（爾雅，1996）、《雲邊書》（九歌，1998）、《皈依風皈依松》（文史哲，2000）、《凝神》（文史哲，2000）；詩評論集《鏡中鏡》（1977）、《燈下燈》（1980）、《現代詩學》（1987）、《青少年詩話》（1989）、《現代詩縱橫觀》（1991）、《雲端之美，人間之真》（1997）；編有《現代詩導讀》、《現代詩入門》、《中華現代文學大系評論卷》、《新詩三百首》等。

蕭蕭自小成長於廣袤的稻野之中，數星望雲的農村生活、童年記憶，油麻菜花迤邐天邊的美學經驗，農人不耕耘即無收穫的苦命哲學，沉穩其腳步，開闊其心胸，使其眼光高遠，使其生命境界提昇。因此，寫詩、寫散文、寫評論無不以尊重生命為主軸；是以了解生命在不同的時代、不同的區域會有生命本質之同，在相同的時代、相同的族群也會有生命現象之異；因而喜歡臺灣文化的多元現象，接納世界文學的洗禮，欣賞傳統的古典氣質，也勇於嘗試現代的前衛風格。

「詩緣情」→「詩言志」→「詩無邪」，是詩的三部曲，「詩緣情」從無到有（從無情無思到有情有詩），「詩言志」從有到有（從有情有思到有物有法），「詩無邪」從有到無（從有方法到無不可用的方法，從有境界到無可不入的境界），這是蕭蕭自述寫詩的理想，或許這種無不可入的境界，就已接近禪了吧！

延伸閱讀

1 李癸雲：〈風景與自我〉，《蕭蕭．世紀詩選》導言，臺北：爾雅出版社，2000。

2 羅門：〈扛著「現代」與「後現代」走向二十一世紀的詩人〉，《凝神》序，臺北：文史哲出版社，2000。

3 蕭蕭：《現代詩遊戲》，臺北：爾雅出版社，1997。

4 焦桐：〈聽聽那牧歌——小評蕭蕭詩集《緣無緣》〉，見聯合文學月刊第139期，1986。

5 白靈：〈詩的第五元素——讀蕭蕭詩集《雲邊書》〉，見中央日報副刊，1998.7.18。後收入《雲邊書》中。

6 吳當：〈盪漾的心——試析蕭蕭「洪荒峽」、「風入松」〉，見中央日報第25版，1999.12.15。

7 陳政彥：《蕭蕭詩學研究》，中央大學中文研究所碩士論文，2002.6。

暗房

李敏勇

這世界
害怕明亮的思想
所有的叫喊
都被堵塞出口

真理
以相反的形式存在著
只要一點光滲透進來
一切都會破壞

——選自《暗房》（笠詩刊社，一九八六年）

遺物

李敏勇

從戰地寄來的君的手絹
休戰旗一般的君的手絹
使我的淚痕不斷擴大的君的手絹
以彈片的銳利穿戳我心的版圖

從戰地寄來的君的手絹
判決書一般的君的手絹
將我的青春開始腐蝕的君的手絹
以山崩的轟勢埋葬我

慘白了的
君的遺物
我陷落的乳房的
封條

——選自《鎮魂歌》（笠詩刊社，一九九〇年）

回聲的世界

李敏勇

一顆子彈
飛出
在無人處的曠野
發出
一聲叫喊

一個人
倒下
在不毛的焦土
開放
一朵鮮花

持有這絕對權力的
回聲之神喲
是否我也無法逃避這宿命的世界

為了我的死
是否也有
一個聲音
一朵鮮花
在我立足的位置以種子的姿態在窺伺我

——選自《野生思考》（笠詩刊社，一九九〇年）

作者簡介

李敏勇，屏東縣恆春人，一九四七年生於高雄縣。中興大學歷史系畢業，早年以傅敏、李溟為筆名，曾擔任教師、記者、企畫等工作，主編過《笠》詩刊，擔任過《台灣文藝》社長，「台灣筆會」會長，現任「鄭南榕基金會」董事長、臺灣和平基金會董事長。一九九〇年獲巫永福評論獎，一九九二年獲吳濁流新詩獎。著有詩集《雲的語言》（1969）、《暗房》（1986）、《鎮魂歌》（1990）、《野生思考》（1990）、《戒嚴風景》（1990）、《傾斜的島》（1993）、《心的奏鳴曲》（1999）等。

「笠」詩刊同仁拾虹曾言：「在笠詩社的成員中，拾虹、鄭炯明、李敏勇、陳明台是屬於『笠』第二階段新生代的一群，多年來他們各自發展著詩的風格，竟然各自吻合著春、夏、秋、冬四季中的一環。」拾虹承認：「秋在一年四季裡，是變化最多，色彩最鮮麗的季節，也可以說是最具魅力的季節。」（拾虹〈秋的詩人〉，《暗房》詩集附錄）。在《美麗島詩集》（笠詩社，1979）中，李敏勇如此表達他的詩觀：「我的詩，是我的現象學，也是我的冥想錄。現實——在我的世界，既是攝影機鏡頭所能捕捉得到的事象，也是從腦髓思考出來的花朵，融合經驗與想像力的結晶，是我的憧憬。」眼之所見是為現象（現實經驗），心之所思是為冥想（超現實經驗），如是，才是立足臺灣土地而又能飛翔的詩。

所以，陳明台說李敏勇的詩「幾乎每首詩都有作者和現實的格鬥，現實投射在詩人心中而激發的屈折的吶喊。」

延伸閱讀

1 李敏勇得意詩篇：〈遺物〉、〈夢〉、〈種子〉、〈暗房〉、〈這一天我們種一棵樹〉、〈這城市〉、〈想像〉、〈國家〉、〈我聽見〉、〈在世紀之橋的禱詞〉。

2 陳明台：〈鎮魂之歌——析論李敏勇的詩〉，見《鎮魂歌》附錄，笠詩社，1990。

3 鄭炯明：〈戰爭、愛與死的交響曲——論李敏勇的詩〉，見《野生思考》附錄，笠詩社，1990。

4 李魁賢：〈論李敏勇的詩〉，見《戒嚴風景》附錄，笠詩社，1990。

5 李敏勇：《如果你問起》，臺北：圓神出版社，2001。

6 黃恆秋：〈俘虜的詠嘆：讀李敏勇詩集《暗房》〉，見《台灣文學與現代詩》，頁148~156，苗栗縣立文化中心，1991。

捉賊記

羅青

洗完天天要洗的澡
洗天天要洗的內衣褲
詩人把洗淨的衣褲
安排在冷涼的星空間
把洗好的自己
安置在整潔的眠床上
準備睡覺——

書卷破舊陪侍一旁，抖擻肅立毫無倦意
書架之後廚竈之前，蚊蠅老鼠隱隱走動
此外，空氣祥和撫慰萬物

萬物安靜，相互守望
在詩人剛睡著的時候
子夜的時候

突然！風吹，門動，窗響
響似刀劍交擊
家具驚醒，影子逃散
散成駭人的鬼魅
乍明乍暗之間，似有小偷潛入
詩人倏的挺腰翻身，口中喊打，提筆便扔——

但見筆飛如矢——鏗然作聲，擊中一物
詩人箭步上前，探手抓來
堅冷渾圓，卻是鬧鐘
剎那，萬物又復安靜如常
但聞滴嗒之聲，震動屋瓦……充塞宇宙
在詩人手握鬧鐘的時候

夜深的時候

事後——
詩人檢視門窗，不見異樣
細查箱櫃，不見短少
左清右點，方才恍然察知
失竊鬚髮數十把，亂夢十數堆
壯志十數頁，歲月數十年
而老鼠蚊蠅，依舊隱隱走動
大地旋轉如常，不問是非黑白
而書卷若無其事，依舊靜立一旁
星星垂查一切，欣然暗夜放光
在小偷偷詩人的時候
在詩人捉小偷的時候
在殘夜與黎明相互追逐的時候

——選自《捉賊記》（洪範書店，一九七七年）

多次觀滄海之後再觀滄海

羅青

平平坦坦的大海上
好像什麼都沒有

好像什麼都沒有的大海上
居然真的什麼都沒有

就是因為原來什麼都沒有
才知道根本什麼都沒有

可是平平坦坦的大海之上
的確什麼都沒有嗎？

什麼都沒有的海上啊
當然是什麼都沒有

平平坦坦的大海之上
果然渾然自自然的是什麼都沒有

附註：曹孟德建安十二年作〈步出夏門行〉，首章〈觀滄海〉，其辭如下：

東臨碣石
以觀滄海
水何澹澹
山島竦峙
樹木叢生
百草豐茂
秋風蕭瑟
洪波湧起
日月之行
若出其中
星漢燦爛
若出其表

幸甚至哉
歌以詠志

後記：
這是我第一次
用電腦文書處理系統
寫詩
其中「竦峙」兩字
是用造字系統
畫出來的

——選自《錄影詩學》（書林出版公司，一九八八年）

入獄就是出獄

——再致魏京生

羅青

一個人在中國坐牢
整個世界都來探望

望見一方小小的鐵窗
把偌大的中國一分為二

而全中國都關在
鐵窗的這一面

只有一個人在鐵窗的另一面
自由思想

附註：魏京生已於一九九七年十一月十六日獲釋赴美

——原載一九九四年《中國時報》人間副刊

錄影詩學舉例（選一）

（二）野渡無人舟自橫

羅青

野渡

銀河閃亮
流過太空

（鏡頭拉近）

閃亮的是無數
大大小小的太空船

無人

太空船與太空船之間
相互感應著各種電訊
發射自
各種不同型號的
電腦（特寫）「方舟一號控制中心」
機器人（特寫）「方舟二號船長室」
特寫所有的哺乳動物靈長類在零下一〇〇〇度的冷中安睡（淡出）
「無夢睡眠自動實驗檢驗器」裝置在
冷凍庫鋼門的右側　螢光幕上顯示出
「一千光年後醒來」的指示　鋼門左側的「實驗結果欄」中
一片空白

舟自横

圓形的記憶螢幕板上

有圓形的星在閃爍
（鏡頭拉近）
是一顆藍色的行星
（再拉近）
是一條藍色的山脈
（再再拉近）
是喜馬拉雅山的聖母峰

聖母峰的懷裡
臥著一艘
原始的方形木船
半埋在大雪之中
露出來的部分
結滿了堅硬的寒冰
有如一方黑色的鏡子
（鏡頭不斷拉近）
但是鏡子上面

隱隱約約
映照出
銀河細長的
尾巴
（閃閃）
（爍爍）
（爍閃）
（閃爍）

作者簡介

羅青，本名羅青哲，湖南湘潭人，一九四八年九月十五日生於青島。輔仁大學英文系畢業，美國西雅圖華盛頓大學比較文學碩士，現任臺灣師範大學英語系及翻譯所教授。一九七四年獲第一屆「中國現代詩獎」，創辦草根詩刊，舉辦多次畫展。著有論述八種，詩及童詩九種，散文三種，兼擅繪畫、評論、翻譯。詩集有《吃西瓜的方法》（幼獅，1972）、《神州豪俠傳》（武陵，1975）、《捉賊記》（洪範，1977）、《隱形藝術家》（崇偉，1978）、《水稻之歌》（大地，1984）、《不明飛行物來了》（純文學，詩畫集，1984）、《螢火蟲》（台灣書店，1987）、《錄影詩學》（書林，1988）、《少年阿田恩仇錄》（民生報，1996）。

其詩風活脫不羈、不拘於一隅，從現代到後現代，始終是戰後一代風潮的前驅，狀似詩壇的「不明飛行物」，幽默及機智是其詩思特質，語言不避諱常語，每能深入淺出，影響甚廣。

延伸閱讀

1 羅青：〈我怎麼寫「金喇叭」〉，見蕭蕭《現代詩入門》經驗篇，臺北：故鄉出版社，1982。

2 呂正惠：〈羅青「白蝶海鷗車和我」賞析〉，見林明德編《中國新詩賞析（三）》，臺北：長安出版社，1981。

3 林明德：〈羅青「獨行神偷」賞析〉，同註2。

4 林燿德：〈前衛海域的旗艦——有關羅青及其《錄影詩學》〉，見《一九四九以後》，臺北：爾雅出版社，1986。

5 白靈：〈藝術頑童冷眼看——試論羅青的新詩〉，見《煙火與噴泉》，臺北：三民書局，1994。

6 羅青得意的十首詩：〈吃西瓜的六種方法〉、〈論杜甫受羅青影響〉、〈我拒絕對秋天發表評論〉、〈隱形記〉、〈月亮，月亮〉、〈柿子的綜合研究〉、〈炒菜記〉、〈化魚記〉、〈洽舍的早晨〉、〈犰狳節〉。

躺在溪床上

沙穗

溪水是一條薄薄的涼被
覆蓋著一堆貪睡的鵝卵石
妳說　要把被子掀起
石頭喚醒

水鳥從兩岸的叢林飛出
如妳躺在溪石梳髮一般輕盈
掉落的髮絲　隨流水而去
鳥聲卻留在梳子裡

遠方有一座吊橋

如妳長長的睫毛
我要到橋上去
請閉上眼睛

——選自二〇〇二年五月三日《中國時報》人間副刊

被戰爭遺忘的人

沙穗

沒有戰爭　他買了一些口糧
戴一頂頭盔　背一個登山袋
騎機車到海邊
一座廢棄的碉堡
用望遠鏡看海

忽然　下起了雨
有雨珠飛濺在他臉上
他用手摸——
還好是水　不是血
沙灘上　除了幾根橫躺的漂木
什麼也沒有
遠方有一艘漁船

不像會搶灘
沒有戰爭 他反而變得敏感
每逢選舉 他便想到獨立
投完票 就選一處海灘
那是最長的一日呀
諾曼地

雨停了 肚子還貼在碉堡
口糧的品牌 不是國防部
而是掬水軒 頭盔則是飛燕牌
登山袋裡還隱隱聽到去年夏天
武陵農場七家灣的水聲
戰爭 真的沒有來過？
還是 早已發生
而把他遺落

——選自二〇〇六年三月二十七日《台灣日報》副刊

作者簡介

沙穗，本名黃志廣，廣東省東莞縣人，一九四八年生於上海。空軍通信電子學校畢業，曾任臺灣汽車公司課員、法務部屏東監獄、高雄監獄、高雄女子監獄等政風室主任，現已退休。十三歲開始寫作，民國六十年代即投身現代詩寫作的行列，與詩友連水淼、張堃等在屏東創辦過盤古詩社、暴風雨詩社，一九七四年十一月和饒燕姬女士結婚。作品曾獲得創世紀創刊卅週年詩創作獎。著有詩集《燕姬》（心影，1979）、《風砂》（盤古詩社，1969）、《護城河》（屏東縣立文化中心，1993）、《沙穗短詩選》（銀河，2002）、《畫眉》（詩藝文，2003），散文集《小蝶》、《歸宿》，評論集《臍帶的兩端》等。

沙穗的創作以情詩為中心，意象始終不同凡俗、出人意表。對沙穗來說，愛情是一輩子的事、始終如一的心境，纏綿得令人難以憑空想像，最後會令讀者好奇那是什麼樣的奇女子，令沙穗如是愛戀。大多的情詩是「未得前」或「不得後」才寫，按理過度的幸福是很難有詩的，尤其是情詩，因此沙穗的「不可思議的女子」只有沙穗能說，別人是很難置喙。除了情詩，他其他題材的詩作較少人注意，但其對「人」的高度關注始終如一。

延伸閱讀

1 吳晟：〈燕姬序〉，《燕姬》，1979，頁1~3。

2 陌上塵：〈我祇是一顆淚：試析沙穗的「失業」〉，《創世紀》50期，1979，頁8~12。

3 向明：〈驚喜悲憤看「皺紋」〉，《創世紀》51期，1980，頁63~65。

4 張堃：〈繆斯寵愛的歌手：簡介沙穗的詩〉，《文藝月刊》153期，1982，頁106~120。

5 孫家駿：〈沙穗的「操場」：獻給父親的詩〉，《藍星詩刊》13期，1987，頁78~79。

6 文曉村：〈畫眉深淺入時無——讀《畫眉》．致沙穗《詩人書簡》〉，《台灣新聞報》，2003.11.2。

〈問劉十九〉變奏曲

蘇紹連

從綠色的裡面借一些寧靜，好嗎
從紅色的裡面借一些溫暖，好嗎

我為你釀一壺酒，好嗎
我為你燒一爐火，好嗎

我在綠色的裡面和紅色繾綣，好嗎
我在紅色的裡面和綠色擁吻，好嗎

爐火把我的身影投射在天空，好嗎
你看到我的身影就來喝一杯，好嗎

把我釀成酒，好嗎
把我燒成灰，好嗎

——選自《台灣詩學季刊》第十六期（一九九六年九月）

草場

蘇紹連

草場上的草天天運動不停，原來，在草中有一位
跑圈子的選手。空曠的草場青青濕濕長長地運轉
在發號員的一響槍聲裡，
原來，每根草中都有一位賽跑的選手。
我覺得競爭沒什麼意思，便推動割草機，慢慢地
割著那些草。

——《詩人季刊》第九期

——選自《驚心散文詩》（爾雅出版社，一九九七年）

那匹月光一般的馬

蘇紹連

我側臥的身體翻轉向另一邊
好像發覺，那匹月光一般的馬
正緩緩回頭，涉水走來
從蓆子的另一端上岸

我一再翻轉難眠的夜
睜眼等候，它的來臨
那匹月光如馬，已然立於蓆上
我一再翻轉重複的夢
上岸的馬蹄，涉水千里
該也於我身上留下跨過的蹄聲
薄薄的蓆子徹夜漂浮

載著我側臥的身體
還有那匹月光一般的馬
漂浮於水上，夜空

而我，也摸得出來
月光是濕了，它緩緩下降
淌滿蓆子，從另一端流入水中
我不敢再翻轉側臥的身體
要是我一翻轉
貯藏已久的，盈眶的月光
將全部傾瀉而出

讓我堅持一夜不闔眼
凝視那匹月光一樣的馬

——一九九八年

作者簡介

蘇紹連，臺灣臺中人，一九四九年十二月八日生。臺中師範專科學校畢業，一九六八年曾與洪醒夫等組「後浪詩社」（後改名為「詩人季刊社」），一九七一年與林煥彰、蕭蕭籌組「龍族詩社」，一九八二年與白靈、李瑞騰、蕭蕭、向明等共組「台灣詩學季刊社」。近年活躍於網路詩壇，以「米羅．卡索」為筆名，用flash、Java等語言創作網路「動畫詩」，創意高妙、電腦技藝無師自通，引人熱烈討論。詩集有《茫茫集》（大昇，1978）、《童話遊行》（尚書，1990）、《驚心散文詩》（爾雅，1990）、《河悲》（臺中縣立文化中心，1990）、《隱形或者變形》（九歌，散文詩，1997）、《我牽著一匹白馬》（臺中市立文化中心，1998），及童詩集《雙胞胎月亮》（三民，1997）、《穿過老樹林》（三民，1998）等。

其詩作擅用超現實手法，挖掘現實生命中的悲苦，常有令人驚心的表現。在散文詩的收穫最豐。其詩的形式，詭譎、繁複且多變，狀似隱形的天體黑洞，詩及人俱屬詩壇異數。

延伸閱讀

1 蕭蕭：〈蘇紹連研究目錄（初編）〉，台灣詩學季刊第27期，1996.6。

2 朱雙一：〈我的肚腹發散出螢螢的綠光——蘇紹連論〉，同註1。

3 焦桐：〈《隱形或者變形》評介〉，同註1。

4 李癸雲：〈蘇紹連詩中的存在悲劇感〉，同註1。

5 林燿德：〈黑色自白書——蘇紹連風格概述〉，《一九四九以後》，臺北：爾雅出版社，1986。

6 蕭蕭：〈台灣散文詩美學〉，台灣詩學季刊第20及21期，1997.9及1997.12。

7 蕭蕭：〈蘇紹連的生命主軸與藝術工程〉，台灣詩學季刊第27期及28期，1999.6及1999.9。

秋刀魚

馮青

強而銳利的嘴
空囓著無法出口的語音
雖然緘默著也沒什麼不好
男人和女人
一齊低頭注視著
擺在瓷盤上依然完整的魚
女人突然啜泣起來
而把男人遞過來的雪亮潔白的手帕
放在一旁

刀片一般劃傷光亮的淚珠
就一滴一滴地落在魚的背脊上
和著檸檬的香味
淡淡地擴散著別離的哀愁
吃魚吧
這回一邊說著
一邊收斂起燈光下柔順眼神的女人
一個人開始挾動了筷子

——選自《天河的水聲》（爾雅出版社，一九八三年）

作者簡介

馮青，女，本名馮靖魯，江蘇武進人，一九五〇年六月十八日生於青島。曾為創世紀詩社、陽光小集詩社成員。從事過社會運動和文化工作，目前擔任社區大學寫作班教職，並自由寫作。詩集有《天河的水聲》（爾雅，1983）、《雪原奔火》（漢光，1989）、《快樂或不快樂的魚》（尚書，1990）、《給微雨的歌：馮青詩集》（允晨文化，2010）、《馮青集》（臺灣文學館，2010）。另有散文集《秘密》及小說集《藍裙子》、《懸浮》等。

其早期詩風情懷浪漫、冰清自持、不羈不縛，以《天河的水聲》一書博得詩壇矚目。其詩亦一如其性格，激烈而不苟同於俗世，故後期詩作風鷩禽走，火奔雪原，批判性強烈。

延伸閱讀

1 李癸雲：〈現實底下的潛航——馮青詩研究〉，見《與詩對話——台灣現代詩評論集》，臺南縣文化局，2000，頁165~220。

2 上官予：〈賦《天河的水聲》〉，文訊雜誌第6期，1983.12，頁242~246。

3 林燿德：〈永遠的魚拓——論馮青的詩〉，見馮青《快樂或不快樂的魚》前序，臺北：尚書文化出版社，1990，頁5~10。

4 鍾玲：〈七十、八十年代女詩人的感性世界〉第二節論馮青，見《現代中國繆司》第7章，臺北；聯經出版社，1989。

5 王慈憶：《評馮青詩集〈給微雨的歌〉》，臺灣文學評論10卷第4期，頁137~140，2010.10。

6 林佩珊：《冷靜的火——評馮青〈不要在醒時被醒呼醒〉》，笠詩刊第261期，頁204~208，2007.10。

火

杜十三

一個流浪漢蹲在橋墩下面升起一堆火，用來煮水。
河水從他的面前流過，在左前方的土丘旁邊形成一處急湍。湍中汩汩的白色水泡，和壺中沸騰的聲音形成一種巧妙的呼應，當他用斗笠搧火的時候，整條潺潺流動的河水，似乎也跟著慢慢的沸滾了起來……。
他猛力搧著。一隻鳥從前方的草叢中飛起，在逐漸暗去的天空裡盤旋了一圈，而後，落向對岸人家的屋簷底下，窗裡的燈火紛紛亮起。
他猛力搧著。晚霞飛聚到西邊的山頂上，團團的色彩火焰一樣的燒著，幾個莊稼漢荷著鋤頭，從山那一邊的小徑裡匆匆跑出……。
他猛力搧著。橋頭的交通燈誌迅速轉成紅燈，久久不滅，車輛擠成了一團。
他猛力搧著。整條河水突然點起了彩色的火，霓虹燈、星星和月亮，隨著一齊升上天空裡閃爍……。
最後，他用煮過的水沏了一壺茶，坐到河堤上，靜靜的欣賞一幅燒好的夜色。

——原載一九八五年八月《中國時報》人間副刊

——收入時報出版公司《嘆息筆記》（時報文化公司，一九九〇年）

罈中的母親

——悼亡母

杜十三

從此一瓣香根蟠劫外　童年您指的那顆星
枝播塵寰　仍在旋轉
不經天地以生成　輻射著您的體溫
豈屬陰陽而造化　期待著我的仰望
熱向爐中　然而此刻
專伸供養　如此冰冷
常任三寶　如此沉默
剎海萬靈　我把母親
極樂導師　放在罈中
阿彌陀佛　一齊旋轉
觀音勢至　從火轉出
清淨眾海　從雨轉出
悉仗真香　從血轉出
普天供養　從淚轉出
南無香雲蓋　我捧著母親
菩　從
薩　灰
摩　燼
訶　轉
薩　出

——選自《石頭悲傷而成為玉——世紀末詩篇》（杜十三工作室限量出版，二〇〇〇年一月一日）

作者簡介

杜十三，本名黃人和，臺灣南投人，一九五〇年十二月五日生，二〇一〇年九月十五日猝逝於天津旅次。國立臺灣師範大學化學系畢業，輔修藝術。曾任教師、企劃、雜誌總編輯、中華書局總編輯、讀者文摘臺灣區編輯主任，目前任特約撰述。曾獲時報文學獎散文獎、全國歌曲創作首獎、創世紀四十週年詩創作獎、二〇〇〇年年度詩人獎等。著作有論述一種、詩六種、散文兩種，及劇本、小說集等。詩集常以多元形式呈現，如《人間筆記》（詩畫集，時報文化，1984）、《地球筆記》（有聲詩集，書中挖空放錄音帶，時報文化，1986）、《嘆息筆記》（時報文化，1990）、《火的語言》（千行詩，時報文化，1994）、《新世界的零件》（散文詩，台明，1998）、《石頭因悲傷而成為玉》（金屬封面，可延展的長卷，思想生活屋，2000），評論集《杜十三主義》（文史哲，2010）。

他是藝術的行動主義者及媒介的多妻主義者，常以驚人的實踐力展現其觀念之自如和未來性。他的詩表現了語言的「游動力」和「建築力」，畫面清晰、立體，常具超現實的魔幻效果，尤其是散文詩。

延伸閱讀

1 瘂弦：〈大眾傳播時代的詩——杜十三《地球筆記》的聯想〉，見《中華現代文學大系》評論卷（二），臺北：九歌出版社，1989。

2 高行健：〈發現杜十三〉，台灣詩學季刊第25期，1998.12。

3 白靈：〈從灰燼中掙扎出樹——小讀杜十三〉，同註3。

4 羅門：〈杜十三作為詩人的存在——他內層創作生命的基本面〉，同註3。

5 白靈、洛夫、楊柏林：《杜十三紀念專輯》，文訊第302期，頁37~44，2010.12。

6 賴芳伶：《哀愁與智慧——杜十三詩的大悲咒》，創世紀詩雜誌164期，頁39~53，2010.09。

7 可延伸閱讀的詩作：〈出口〉、〈汝敢有聽見地球崩落去兮聲無？〉（見《石頭因悲傷而成為玉》）、〈青玉案〉（見《嘆息筆記》）、〈人〉、〈墨〉、〈螢火蟲〉、〈泉水〉、〈蠟蠋〉（見《新世界的零件》）。

問

簡政珍

能用泡沫
解釋肥皂的存在嗎？
能用氣球
說明我們還能呼吸嗎？
能用酸雨
推測歷史的口味嗎？

清晨，在冷氣房裡
打死一隻懶散的蚊子
以雙掌的血跡
證實我在黑夜裡
殘存的生命
一度，我在夢遊和失眠的邊緣

看到神鬼的爭辯
我在夢中
尋行茫昧的地平線
垂釣落日的餘暉
而醒來
盡是手掌攤開的
餘溫

能否以蚊子的屍身
培養錦鯉悠遊的身段？
天井的水涓滴成流
陽光留下一些苔痕
已流走的，流不走的
都是一場
光彩的泡沫

——選自《浮生紀事》（九歌出版社，一九九二年九月）

街角

簡政珍

小巷是昨日雀鳥啄食
剩下的
紙張
風輕輕拂拭油膩的路面
能捲動的
是一些昨日的頭條新聞
一條深黑的煞車痕
旁邊留下一只破碎的
方向燈，塑膠碎片
寫意地延伸成各種象徵
垃圾桶吐瀉出
滿地的本土文化

一隻瘦削的黑貓
嗅聞一陣子後離開
一隻毛髮幾將掉盡的狗
還在報紙的政客臉孔上
翻尋
酸腐的
食物

——原載《中國時報》人間副刊（一九九五年八月九日）
——選自《意象風景》（臺中市立文化中心，一九九八年五月）

作者簡介

簡政珍，臺北縣人，一九五〇年生。政大西語系畢業，臺大英美文學碩士，美國奧斯汀德州大學英美比較文學博士，現任中興大學外文系所教授。

學者型的詩人，簡政珍有詩論集《放逐詩學》（英文版）、《詩的瞬間狂喜》、《詩心與詩學》等論著，強調「意象是思維的轉形，它已是詩人觀察、聯想、哲思的濃縮」。因此詩人必須體認人的存在本體，在詩的獨白中吐露時代的聲音。自一九八八年出版詩集《季節過後》，陸續出版《紙上風雲》、《爆竹翻臉》、《歷史的騷味》、《浮生紀事》、《詩國光影》、《意象風景》、《失樂園》（2000）等作。

論者以為「簡氏對於生命的感悟和哲思，來源於現實又能超越現實，除了詩作本身具有思想深度之外，在藝術處理上也表現出令人欽佩的高超詩藝」（熊國華〈對生命的感悟和沈思〉）。

延伸閱讀

1 簡政珍三首重要長詩：〈歷史的騷味〉、〈浮生紀事〉、〈失樂園〉。
2 簡政珍其他得意詩篇：〈長城上〉、〈西窗話舊〉、〈掃墓〉、〈憶〉（以上選自《浮生紀事》）。〈過年〉、〈送別〉、〈無法投遞的書信〉（以上選自《失樂園》）。
3 簡政珍、林燿德主編《新世代詩人大系》。簡政珍主編《新世代詩人精選集》（書林版）。
4 《台灣詩學季刊》第29及31期「臺灣詩人專論．簡政珍篇」（上、下）。1999.12及2000.6。
5 洛夫：〈簡政珍詩學小探〉，創世紀詩雜誌第108期，頁72~74，1996。
6 吳當：〈告別與叮嚀——試析簡政珍「畢業考」〉，中央日報第25版，2000.5.24。

五行詩（選二）

白靈

1 風箏

扶搖直上，小小的希望能懸得多高呢
長長一生莫非這樣一場遊戲吧
細細一線，卻想與整座天空拔河
上去再上去，都快看不見了
沿著河堤，我開始拉著天空奔跑

2 鐘擺

左滴右答，多麼狹小啊這時間的夾角
游入是生，游出是死
滴，精神才黎明；答，肉體已黃昏
滴是過去，答是未來
滴答的隙縫無數個現在排隊正穿越

大戈壁

——敦煌旅次所見

白靈

一張由你經文寫就的
毯子
自你腳前向天邊
抖去
看不懂經文的一粒沙
在其中翻滾
滾向
頓悟
地平線上
果然
滾出一輪

落日
。
但我佛，這是
經書的哪一頁
你指間拈起的一瞬
僅剩落日
與我，二字
面對面
身高等長
中間坐著
好大的
空
。
飛，不如不飛
動，不如不動
駱駝草和小石子啊
那不言不語

即將溶去的落日
　　就是我啊
側身於你們之間
體會冷成一句經文的
　　荒涼

——選自《聯合報》副刊（二〇〇一年七月十八日）

作者簡介

白靈，本名莊祖煌，福建惠安人，一九五一年一月十八日生於萬華。國立臺北工專三年制畢業，國立臺灣師範大學美術系（夜）四年級肄業，美國新澤西州史蒂文斯理工學院化工碩士。現任國立臺北科技大學副教授。作品曾獲時報文學獎敘事詩首獎、中山文藝獎、國家文藝獎等。「詩的聲光」創始人，曾主編《草根》、《台灣詩學》季刊。著有詩集《後裔》（林白，1979）、《大黃河》（爾雅，1986）、《沒有一朵雲需要國界》（書林，1991）、《妖怪的本事》（童詩，三民，1997）、《白靈．世紀詩選》（爾雅，2000）、《白靈短詩選》（銀河，2002）、《女人與玻璃的幾種關係》（臺灣詩學，2007）、《五行詩及其手稿》（秀威，2010）、《昨日之肉：金門馬祖綠島及其他》（秀威，2010），詩論集《一首詩的玩法》等五種、散文集三種等。

其詩作形式及題材多變，「能婉能豪」（張健語），早年「以衝撞民族的『痛』為樂，以檢驗人間的苦難為必然」（杜十三語），展現了深沉的悲憫，近年由顯向隱，並積極鼓唱小詩，斬獲豐。且以「杜斯．戈爾」為網路的筆名，架設「象天堂」及「詩的聲光」等超文本網站，進入另一個屬於「未來詩」的視野。

延伸閱讀

1 奚密：〈詩以詠史——評白靈《沒有一朵雲需要國界》〉，中時晚報時代文學第194期，

1999.12.26

2 杜十三：〈白靈詩作的時間性、空間性與人間性〉，收入《白靈・世紀詩選》，臺北：爾雅出版社，2000。

3 吳當：〈耕耘與領航——讀《白靈・世紀詩選》〉，吳當、落蒂合著《兩棵詩樹》，臺北：爾雅出版社，2001。

4 郭美君：《白靈及其詩作研究》，國立高雄師範大學回流中文碩士學位論文，2008年。

5 張秀絹：《白靈新詩研究》，臺灣師範大學國文學系教學碩士班碩士論文，2011。

6 李明融：《白靈詩藝的創意表現》，國文天地312期，頁97~109，2011.5。

蘼蕪

渡也

伊獨坐荒廢的庭院，隨意翻閱，君批點過的唐詩。初時，猶能邂逅一些聯袂而來的，玲瓏的花瓣：三月三日天氣新，長安水邊多麗人。伊想起，昔年君臨去時無端留下的馬蹄痕，比翼的兩行噫，如今又茂密地生長了。

後來麗人全都無故地走了，竟從線裝書的衣襟，突然濺出幾點，伊不忍卒讀的暗雨了。蘼蕪盈手泣斜暉，聞道鄰家夫婿歸。伊即刻用慌亂的絲絹遮掩那首，寒涼的閨怨。伊看見，繡在絲絹上的，君的名字，卻仍然對伊微笑。

然而自唐朝散髮急急奔回，金簪已寂然墜地，彷彿有幾綹溫熱的斜暉從葉隙撲面而來：

「晚了」

伊站起來，落花迅速將伊淹沒。

——選自瘂弦編《當代中國新文學大系》（天視出版事業有限公司，一九八〇年四月）

手套與愛

渡也

桌上靜靜躺著一個黑體英文字
glove
我用它來抵抗生的寒冷
她放在桌上的那雙黑皮手套
遮住了第一個字母
正好讓愛完全流露出來
love
沒有音標
我們只能用沉默讀它
她拿起桌上那雙手套
讓愛隱藏
靜靜戴在我寒冷的手上
讓愛完全在手套裡隱藏

——選自《手套與愛》（故鄉出版社，一九八〇年六月）

一顆子彈貫穿襯衫

——紀念二二八罹難畫家陳澄波先生

渡也

一九四七年三月
一顆子彈突然貫穿襯衫
貫穿你的身體
貫穿嘉義

貫穿臺灣美術史
啊，美噴出血來

你的一生被子彈強行帶走
而那件襯衫至今仍活著
彈孔，也活著

如果那彈孔是一顆眼睛
它已看透一切
如果那彈孔是一張嘴
所有仇恨都由它訴說？
不！它從未喊痛從未說話
五十多年了
襯衫從未說
一句怨言

一九四七年最寒冷的三月
彈孔流出鮮血
襯衫流出鮮血
夢，流出鮮血流出淚
如今已不再流
早已不再流了

襯衫早已洗得
清清白白
像你一樣
像陳家子子孫孫一樣

那彈孔就是句點
所有血的故事的句點
（世界不要再流血了）
二〇〇〇年
從那彈孔望過去
啊，臺灣蔚藍的天空
一望無際

——選自二〇〇〇年十二月六日《聯合報》副刊

作者簡介

渡也，本名陳啟佑，另有筆名江山之助，臺灣嘉義人，一九五三年二月十四日生。中國文化大學中國文學博士。現任國立彰化師範大學國文系教授。作品曾獲時報文學獎敘事詩獎、中央日報新詩首獎。出道極早，十六歲即開始寫詩。創作極豐，有論述六種，詩集十種、散文集四種、童詩一種。詩集包括《手套與愛》（故鄉，1980）、《憤怒的葡萄》（時報文化，1983）、《最後的長城》（黎明文化，1988）、《落地生根》（九歌，1989）、《空城計》（漢藝色研，1990）、《留情》（漢藝色研，1993）、《面具》（臺中縣立文化中心，1993）、《不准破裂》（彰化縣立文化中心，1994）、《我策馬奔進歷史》（嘉義市立文化中心，1995）、《我是一件行李》（晨星，1995）等。

其詩風變化極大，早期唯美純情，在散文詩的創作上獨具一格。其後宛如學得上乘輕功，以近乎透明的語言，無所不能地出入於各式題材。自如、瀟灑，舉重若輕，無往而不自得，展現了渡也俠客式的柔情與豪情。

延伸閱讀

1 李瑞騰：〈釋渡也的「蘼蕪」〉，《詩的註釋》頁113，臺北：時報文化，1982。另見李氏所著《新詩學》頁227，臺北：駱駝出版社，1997。

2 張漢良：〈導讀渡也「嬰」、「電話」〉，見張漢良、蕭蕭主編《現代詩導讀（三）》，臺北：故鄉出版社，1979。

3 蕭蕭：〈導讀渡也「面具」〉，同註2。

4 林燿德：〈渡也論〉，見簡政珍、林燿德主編《新世代詩人大系》（上），臺北：書林出版社，1990。

5 渡也寫詩的重要經驗和心得可參見其《新詩補給站》，臺北：三民書局，1985。

6 其他渡也得意的詩作有：〈還鄉〉、〈雨中的電話亭〉、〈菊花與劍〉、〈旅客留言〉、〈我是一件行李〉、〈蘇武牧羊〉、〈竹〉、〈願望〉、〈憤怒的葡萄〉。

破爛的家譜

陳義芝

鬍子拉撒那人頭上紮條諸葛巾
兩腳泥蹦蹦，是我堂哥
三十年沒走離自家坐臥的山窩子
這一回，他陪我過江到縣城
搕著旱煙管喃喃道：人氣滅了
江輪掉頭時
忍不住一陣疾咳

人氣滅了
腰粗的黃桷樹砍了
黑沁沁的山林禿了
通向外面世界的石板路剷了

是的，四十年來電還是不通
村中年長的人愈來愈只有遺忘
無記憶可收藏

四九年冬，他父親被拋下無名的山溝
五三年，大兄死在鴨綠江東
隔年依次生下的娃兒
三個全是文盲
荒年啃枇杷樹，嚼山上的都巴藤
肚子餓狠了就塞一坨一坨白土
如此倖存

在臨江的紅薯飯館內
我為他點一道黃鱔、一盤炒腰花
他拿出那本破爛的家譜
指給我看
「從來萬物本乎天……」

——一九八八年

——選自《新婚別》（大雁書店，一九八九年九月）

——後又收入《遙遠之歌——陳義芝詩選一九七二～一九九二》輯三（花蓮縣立文化中心，一九九三年）

觀音

陳義芝

妳坐我旁邊
像一尊瓷白的觀音
鼻頭沁一絲絲汗
蜜蜂剛剛飛走
柔軟的唇吐著金魚的話
距離如透明的玻璃缸
蔥白一樣的手指啊
應該捲進荷葉裡
還是棉被裡

妳坐我旁邊
像一間聽不到回音的空房
光滑的石頭被水包圍住
溺水的是太陽

暈黃的月勾在山頂上
溢出比電光還明的稜線
從夜的睫毛下滑
向月亮的酒窩
向月球的乳頭

妳不知道我抱住水滑的石頭
正嚼著包葱白的荷葉餅
妳不知道我已抱住觀音
不敢下滑……
頭髮是慾望衣服是摩擦
我和楊枝淨水瓶最靠近的呼吸擁抱

妳坐我旁邊
是我取水的
深潭

——原載一九九五年七月《聯合文學》
——選自《不安的居住》（九歌出版社，一九九八年）

住在衣服裡的女人

陳義芝

我渴望妳覆蓋，風一般輕輕壓著我
以妳細緻的皮膚如貼身的夜衣
或彷彿就是我自己的皮膚

牛仔褲是流行的白話，寫著詩一般騰躍的短句
開衩裙有古典的文法，銘刻了長篇的祈禱詞
春天一呼喊，妳絲質的襯衫就秀出兩朵
粉色的花苞給如夢的人生看

然而我知道，真實的秘密總隱藏在身體的櫥窗裡
「打開看看吧！」妳含笑的眼神時常這樣暗示我
為一顆鮮紅的果子而羞澀

千百個櫥窗中我看到妳眩人心神的笑彷彿未笑
寬鬆衣襬下搖蕩一奧祕的天體
蹙眉思考如聖經紙印的字典

多像一隻遠遁人煙之外卻愛戀著人世的狐
妳豈是我遺失的那根肋骨
或者我應是黏附妳身的一塊肉
降謫於床笫，化身成一條天譴的蛇

我渴望穿妳，當披肩滑落勢如閃電
圍裙像黃金的穀倉微妙擺動
空氣在摩擦，日光在接吻
我渴望套頭的圓領衫埋入妳胸脯，陷身桃花源
放棄棉紗纖維的研究自是日
我專攻身體的誘惑，例如鈕扣鬆脫拉鍊滑雪

分分秒秒念著521　521……的傳訊密碼

自是日妳深潛我夢中撐開一把抵擋熱雨的傘
沿足踝的曲線向北方，妳是我望中帘幕半遮的門
我深信妳打開的皮包中永遠藏有我
——一堆親暱而俚俗的話

——一九九六年

——選自《不安的居住》（九歌出版社，一九九八年）

作者簡介

陳義芝，四川忠縣人，一九五三年十一月四日生於花蓮。國立臺灣師範大學國文系畢業，香港新亞研究所文學碩士，現於國立高雄師範大學國文研究所攻讀博士學位。七十年代初開始寫作，曾與蘇紹連、蕭蕭等人合組後浪詩社，並主編《詩人季刊》（由後浪詩刊改名）。現任聯合報副刊組主任。作品曾獲新聞局金鼎獎（兩度）、中國文藝獎章、中山文藝獎等。詩集有《落日長煙》（德馨室，1977）、《青衫》（爾雅，1985）、《新婚別》（大雁，1989）、《不能遺忘的遠方》（九歌，1993）、《遙遠之歌》（詩選集，花蓮縣立文化中心，1993）、《不安的居住》（九歌，1998）、《陳義芝‧世紀詩選》（爾雅，2000），童詩《小孩與鸚鵡》（三民，1998），及散文集一種等。

早期詩風由其浸淫的古典傳統出發，從容出入，不疾不徐，近年深入「追求『不安』的無窮變化」，更見其心靈沈潛冥合、逼近生命奧妙的超脫感。尤其在《不安的居住》的近作中收穫最豐，邁向自如舒展——穿牆透壁的語言能力和神秘活脫之巧思——的嶄新階段。

延伸閱讀

1 楊牧：〈雪滿前川——讀陳義芝詩集《青衫》〉，聯合報副刊，1984.10.12。

2 余光中：〈從嫘祖到馬祖——讀陳義芝的《新婚別》〉，聯合報副刊，1989.8。

3 洪淑苓：〈遊戲開始了——陳義芝詩作的新變及其意義〉，第一屆花蓮文學研討會論文集，1998.6。

4 宋田水：〈狂放中帶著野性——談陳義芝的身體詩〉，見文訊雜誌，1993.3。

5 柯慶明：〈根之茂者其實遂——《陳義芝．世紀詩選》序〉，見《陳義芝．世紀詩選》，臺北：爾雅出版社，2000。

6 沈奇；〈時間、家園與本色寫作——評陳義芝的詩〉，見文訊雜誌，1996.12。

煙

楊澤

請讀我——請努力讀我
我是沒有手紋的一隻掌
我是沒有五官的一張臉
我是沒有刻度沒有針臂的一座鐘
請讀我——請努力努力讀我
我是沒有銘辭沒有年月的一方
一方倒下的碑

請讀我——請努力讀我
非掌非臉非鐘非碑的
我是縮影八〇〇億倍的一個
小寫的瘦瘦的 i

請讀我——請努力努力讀我
我是生命，我是愛，我是不滅的
靈魂，焚屍爐中熊熊升起的一片
一片獨語的煙

——一九七五年一月
——選自《薔薇學派的誕生》（洪範書店，一九七七年）

作者簡介

楊澤，本名楊憲卿，臺灣嘉義人，一九五四年生。國立臺灣大學外文系畢業、外文研究所碩士，後入美國普林斯頓大學深造，得博士學位。曾任《中外文學》執行編輯。現任中國時報人間副刊主任。作品曾獲時報文學獎敘事詩獎。作品有《薔薇學派的誕生》（洪範，1977）、《彷彿在君父的城邦》（時報文化，1980）、《人生不值得活的——楊澤詩選一九七七～一九九〇》（元尊，1997），主編《又見觀音：臺北山水詩選》（麥田，2004）、《閱讀張愛玲：張愛玲國際研討會論文集》等多種選集。

其詩風是屬於遠方的，具雷達發射波似的神秘，有著異國的傾頹特質及憂鬱的古典魅力，像是被流放去國的貴族，最後進入學院的心靈收容室中作典麗的回憶和重新革命的懷想。此種質素具迷人的氣氛，因此也在大學中特別流行。這樣的氣息帶有抱負和憤怒，最後轉化為哲學的高談和情愛的飄蕩，也常是人生理想衝撞後之不得不的出口。

延伸閱讀

1 陳義芝：〈楊澤的「拔劍」〉，《不盡長江滾滾來——中國新詩選注》，臺北：幼獅文化，1993。

2 蕭蕭：〈導讀楊澤「無題」、「漁父・一九七七」〉，見張漢良、蕭蕭主編《現代詩導讀》導讀篇（三），臺北：故鄉出版社，1979。
3 林燿德：〈檣桅上的薔薇——我讀楊澤〉，《一九四九以後》，臺北：爾雅出版社，1986。
4 楊牧：〈我們只擁有一個地球——讀楊澤《薔薇學派的誕生》〉，見《中華現代文學大系》評論卷（二），臺北：九歌出版社，1989。
5 李癸雲：《不存在的戀人——以陳黎、楊澤、羅智成詩為例》，臺灣文學學報第4期，頁121~140，2003.8。
6 陳允元：《徬徨者與信仰者——論七、八〇年代之交的楊澤詩及其時代意義》，臺灣詩學學刊第13期，頁57~82，2009.8。

葱

陳黎

我的母親叫我去買葱。
我走過南京街，上海街
走過（於今想起來一些奇怪的
名字）中正路，到達
中華市場
我用臺語向賣菜的歐巴桑說
「甲你買葱仔！」
她遞給我一把泥味猶在的葱
我回家，聽到菜籃裡的荷蘭豆
用客家話跟母親說葱買回來了
我像喝母奶般地喝著早晨的味噌湯

理所當然地以為ㄇㄧㄙㄡ ㄒㄧ˙ㄌㄨ是我的母語
我吃著每天晚上從麵包店買回來的pan
不知道自己吃的是葡萄牙語的麵包
我把煎好的蛋放進便當，把便當放進書包
並且在每一節下課時偷偷吃它
老師教我們音樂，老師教我們國語
老師教我們唱反攻、反攻、反攻大陸去
老師教我們算術：

「一面國旗有三種顏色，三面國旗
有幾種顏色？」
班長說九種，副班長說三種
便當裡的蔥說一種
因為，它說
不管在土裡，在市場裡，在菜脯蛋裡
我都是蔥
都是臺灣蔥

我帶著葱味猶在的空便當四處旅行
整座市場的喧鬧聲在便當盒裡熱切地向我呼喊
我翻過雅魯藏布江，翻過巴顏喀喇山
翻過（於今想起來一些見怪不怪的
名字）帕米爾高原
到達葱嶺
我用臺灣國語說：「給你買葱！」
廣漠的葱嶺什麼也沒有回答
葱嶺沒有葱

我忽然想起我的青春
我的母親在家門口等我買葱

——選自《陳黎詩選一九七四～二〇〇〇》（九歌出版社，二〇〇一年五月）

為懷舊的虛無主義者而設的販賣機

陳黎

請選擇按鍵
母奶 ●冷 ●熱
浮雲 ●大包 ●中包 ●小包
棉花糖 ●即溶型 ●持久型 ●纏綿型
白日夢 ●罐裝 ●瓶裝 ●鋁箔裝
炭燒咖啡 ●加鄉愁 ●加激情 ●加死亡
明星花露水 ●附蟲鳴 ●附鳥叫 ●原味
安眠藥 ●素食 ●非素食
朦朧詩 ●兩片裝 ●三片裝 ●噴氣式
大麻 ●自由牌 ●和平牌 ●鴉片戰爭牌
保險套 ●商業用 ●非商業用
陰影面紙 ●超薄型 ●透明型 ●防水型
月光原子筆 ●灰色 ●黑色 ●白色

——選自《陳黎詩選：一九七四～二〇〇〇》（九歌出版社，二〇〇一年五月）

一首因愛睏在輸入時按錯鍵的情詩

陳黎

親礙的，我發誓對你終貞
我想念我們一起肚過的那些夜碗
那些充瞞喜悅、歡勒、揉情秘意的
牲華之夜
我想念我們一起淫詠過的那些濕歌
那些生雞勃勃的意象
在每一個蔓腸如今夜的夜裡
帶給我飢渴又充食的感覺

侵愛的，我對你的愛永遠不便
任肉水三千，我只取一嫖飲
我不響要離開你

不響要你獸性搔擾
我們的愛是純晬的，是潔淨的
如綠色直物，行光合作用
在日光月光下不眠不羞地交合

我們的愛是神剩的

——一九九〇年四月
——選自《家庭之旅》（麥田出版社，一九九三年）

作者簡介

陳黎，本名陳膺文，臺灣花蓮人，一九五四年十月三日生。國立臺灣師範大學英文系畢業，現任花蓮花崗國中教師，並任教於國立東華大學中文系。曾獲時報文學獎敘事詩首獎、推薦獎、聯合報文學獎新詩首獎、國家文藝獎等。詩集有《廟前》（東林，1975）、《動物搖籃曲》（東林，1980）、《小丑畢費的戀歌》（圓神，1990）、《給時間的明信片》（皇冠，1992）、《家庭之旅》（麥田，1993）、《小宇宙》（皇冠，1993）、《島嶼邊緣》（皇冠，1995）、《陳黎詩選：一九七四～二〇〇〇》（九歌，2001.5）、童詩《童話風》（三民，1997）等。餘另有論述二種、散文集及散文選八種。

激烈及特立獨行是其性格及詩風，極端地雄性作風，也表現在題材的廣闊和語言的開創上。他在英美及拉丁文學上的大量譯述對其風格的多元和豐富如虎添翼，不只悠遊於島嶼邊緣且滑行於世界的地平線上，且經常愛表演懸崖跳傘式之個人形式的試驗。

延伸閱讀

1 陳義芝：〈陳黎的「燈下削筆」〉，《不盡長江滾滾來——中國新詩選注》，臺北：幼獅文化，1993。

2 奚密：〈本土詩學的建立——讀陳黎《島嶼邊緣》〉，《中外文學》25卷12期，1997.5。

3 廖咸浩：〈玫瑰騎士的空中花園——讀陳黎新詩集《島嶼邊緣》〉，原載《東海岸評論》第90期，1996.1。後收入《島嶼邊緣》；臺北：皇冠出版，1995。

4 張漢良：〈導讀陳黎「在學童當中」〉，《現代詩導讀》導讀篇（三），臺北：故鄉出版社，1979。

5 蕭蕭：〈導讀陳黎「威尼斯早讀」〉，同註4。

6 陳黎得意的其他詩作：〈在一個被連續地震所驚嚇的城市〉、〈動物搖籃曲〉、〈島嶼邊緣〉、〈小宇宙〉、〈秋歌〉、〈戰爭交響曲〉、〈走索者〉、〈福爾摩莎．一六六一〉、〈給嫉妒者的探戈〉、〈在我們生活的角落〉。

勇士舞

詹澈

邪靈向他們靠近
一大群烏賊吐墨
像黑雲能夠變成礁岩
海浪突然退後倒翻
邪靈被他們驅離

雅美族的男人
胯間丁字褲
像用麻布擰成的白色十字架
從他們鼠蹊傳導陽功
用一根男性
和烏木棒

高高舉起狠狠向木臼洞撞擊下去

用赤膊
和裸體的太陽
一起半蹲下來
往上跳又向下頓步
把影子踏扁踏進土裡
濺起泥濘和灰塵
然後像飛魚穿過海浪叉開的手指
他們腳板後翻例如尾鰭
然後像山豬
紅眼裂牙咬向邪靈
他們手握拳頭哼哼著前進

彷彿橫行向海洋沒有柵欄
彷彿他們牽手在山上搖擺
其實他們就是在山上搖擺的海浪

圍著他們的島
和裸體的太陽

——原載於一九九七年二月十五日《聯合報》副刊
——選自《西瓜寮詩輯》（元尊文化公司，一九九八年六月）

降落的轟風

詹澈

伸長手臂的堤防
在交通指揮河流和海浪
可以聽到哨音
從山谷向出海口吹響

堤防削尖的尾端
閃動著金屬光亮
也似一支將軍指揮刀
千軍萬馬在後面
鼓動起群山與亂雲

我在西瓜園旁邊

看著堤防
被旭日縮短手臂與袖章
被夕照伸長刀鋒
我正在腦海的曠野上
愣想著一場莫須有的戰爭

越過堤防便是志航空軍基地
剛從眼前飛起一架戰鬥機
從後腦勺方向又感覺
另一架戰鬥機轟然降落
風速拉起我的頭髮
翻開西瓜葉如千百張手掌
石頭周圍滾動起沙塵

我敏感的是
戰鬥機轟下來風的餘力
灌進了西瓜寮

掀起壁上布滿飛塵一九九五年日曆
吹散了擺在板床上的稿紙
那稿紙上細細的軟弱的文字
有著震顫的曲線
像那些慢慢沈落的沙塵
在西瓜園周圍擴散沙紋

——選自《西瓜寮詩輯》（元尊文化公司，一九九八年六月）

獨木舟

詹澈

在它的記憶裡
樹曾經躬著腰
從山上走下來
死亡被刨開
被刨開的樹皮
像片片復活的浪花
樹脫胎換骨
成形的獨木舟舉起雙手
以它的初生
以樹的靈魂
游行在海的身上
旋轉在樹體內的年輪

變成了獨木舟的眼睛
獨木舟看見了時間的形體
黑白相間
例如凝固的漩渦
雕刻在它的兩舷

獨木舟首尾翹起兩叉浪尖
像是微笑著的嘴唇
抿緊弧形唇線
不想啟唇露出齒舌
或許想要回復成樹
回到山上
成為浮在山頂上的月牙

天生孤獨的獨木舟
在海邊聽見
森林中樹和樹在說話

在孤獨中需索絕對自由的
獨木舟
像月牙垂掛向海面的釣鈎
用月光鈎著海浪
用那不可能的可能

然而你看過最孤獨的海浪嗎
它為了那一種自由
可以在海上流蕩
也可以到岸上休息
那最孤獨的一片海浪
在海邊靜靜的不動了
那獨木舟
只閃動著樹骨的燐光

——選自《西瓜寮詩輯》（元尊文化公司，一九九八年六月）

作者簡介

詹澈，本名詹朝立，臺灣彰化人，一九五四年十月三日生。屏東農專農藝科畢業。一九七三年發表第一首詩，一九七六年參與草根詩社。曾任《夏潮》、《鼓聲》雜誌編輯、《春風》雜誌發行人，參加黨外時期街頭運動及農運之發起，作品曾獲第二屆洪建全兒童詩獎、第五屆陳秀喜詩獎、八十六年以〈勇士勇〉獲頒年度詩獎、2008年中國文藝詩歌獎。現為臺東縣農會推廣股股長，並熱心參與後山文化推廣運動，對原住民及弱勢族群備予注目和關懷。著有詩集《土地請站起來說話》（遠流，1983）、《手的歷史》（錦德，1986）、《西瓜寮詩輯》（元尊文化，1998；增訂版：秀威，2011）、《海浪和河流的隊伍》（二魚文化，2003）、《小蘭嶼和小藍鯨》（九歌，2004）、《詹澈詩選》（台灣出版社，2005）、《綠島外獄書》（秀威，2007）、《詹澈詩精選集》（新地文化，2010），童詩集《有翅膀的歌聲》（洪建全文教，1976）。

其詩由早年的明朗活潑進入深掘土地、與心靈萌發的園地，所作直接由泥土迸發，充滿原始豐盛的生命力，語言講求動感和勁力，越發厚積淳樸，令人動容。

延伸閱讀

1 沈奇：〈夢土詩魂——評詹澈《西瓜寮詩輯》〉，見《拒絕與再造——兩岸現代漢詩論評》，臺北：三民書局，2001。

2 楊銘塗：《對自然之愛到簡樸生活：自一九八一以來的台灣自然導向文學》，淡江大學西洋語文研究所博士論文，2001。

3 李魁賢：〈勞動與昇華〉三篇，刊於台灣立報一九九六年六月及七月，後收入《西瓜寮詩輯》附錄。臺北：元尊文化，1998。

4 鴻鴻：《中年男子外遇書——詹澈〈綠島外獄書〉的一種讀法》，文訊第271期，頁108~109，2008.5。

5 郭楓：《詹澈詩精選集序——穿越陰霾的陽光歌吟》，新天地文學特刊，頁58~62，2010.3。

6 詹澈其他得意詩作：〈什麼時候才是和平的春天〉、〈翠翠西瓜〉、〈耳唄〉、〈星夜的質疑〉、〈夜夢〉、〈變賣夢土〉、〈走在秋分向冬至的路上〉、〈迷你豬〉、〈急駛在東海岸公路〉。

立場

向陽

你問我立場，沉默地
我望著天空的飛鳥而拒絕
答腔，在人群中我們一樣
呼吸空氣，喜樂或者哀傷
站著，且在同一塊土地上

不一樣的是眼光，我們
同時目睹馬路兩旁，眾多
腳步來來往往。如果忘掉
不同路向，我會答覆你
人類雙腳所踏，都是故鄉

——一九八四・三・二十四　南松山

——選自《向陽詩選》（洪範書店，一九九九年八月）

咬舌詩

向陽

這是一個怎麼樣的年代？怎麼樣的一個年代？
這是啥麼款的一個世界？一個啥麼款的世界？
黃昏在昏黃的陽光下無代誌罔掠目蝨相咬，
城市在星星還沒出現前已經目睭花花，匏仔看做菜瓜，
平凡的我們不知欲變啥麼蜷，創啥麼碗粿？
孤孤單單。做牛就愛拖，啊，做人就愛磨。

拖拖拖，磨磨磨，
拖拖磨磨，有拖就有磨。
這是一個喧嘩而孤獨的年代，一人一家代，公媽隨人差的世界。
你有你的大小號，我有我的長短調，
有人愛歕 DoReMi，有人愛唱歌仔戲，

亦有人愛聽莫札特、杜布西，猶有彼個落落長的柴可夫斯基。
吃不盡漢堡牛排豬腳雞腿鴨賞、以及SaSiMi，
喝不完可樂咖啡紅茶綠茶烏龍、還有嗨頭仔白蘭地威士忌，
唉，這樣一個喧嘩而孤獨的年代，
搞不清楚我的白天比你的黑夜光明還是你的黑夜比我的白天美麗？

拖拖拖，磨磨磨，
拖拖磨磨，有拖就有磨。
這是一個快樂與悲哀同在的年代，七月半鴨不知死活的世界。
你醉你的紙醉，我迷我的金迷，你搔你的騷擾，我搞我的高潮，
庄腳愛簽六合彩，都市就來博職業棒賽，
毋仔揣牛郎公仔揣幼齒，縱貫路邊檳榔西施滿滿是。
我得意地飆，飆不完飆車飆舞飆股票，外加公共工程十八標，
你快樂地盜，盜不盡盜山盜林盜國土，還有各地垃圾隨便倒，
唉，這樣一個快樂與悲哀同在的年代，
分不出來我的快樂比你的悲哀悲哀還是你的悲哀比我的快樂快樂？

快快樂樂。做牛就愛拖，啊，做人就愛磨。
平凡的我們不知欲變啥麼蚼，創啥麼碗粿？
城市在星星還沒出現前已經目睭花花，匏仔看做菜瓜，
黃昏在昏黃的陽光下無代誌罔掠目蝨相咬，
這是啥麼款的一個世界？一個啥麼款的世界？
這是一個怎麼樣的年代？怎麼樣的一個年代？

附註：本詩名曰「咬舌詩」，取其繞舌打結之意。國臺語並用，明體字為國語，楷體字為臺語。

——一九九六・八・臺北

——選自《向陽詩選》（洪範書店，一九九九年八月）

烏暗沉落來

——獻互921集集大地動著驚受難的靈魂

向陽

烏暗沉落來
對咱臺灣的心臟地帶
烏暗沉落來
對咱操煩哀傷的心內
烏暗沉落來
當厝瓦厝壁揣嬒著歇睏的所在
烏暗沉落來
我的厝邊陷入斷裂的生死絕崖
佇蝴蝶飛啊飛的草埔
烏暗沉落來

佇烏隻哮啊哮的山崙
烏暗沉落來
佇溫暖的燈火前，佇晚安的嘴唇邊
烏暗沉落來
佇甘甜的眠夢內底，佇柔軟的眠床面頂
烏暗沉落來

烏暗，無得著咱的允准，重晃晃沉落來
拆離橋樑，拆破山崙，拆開咱牽手相挺的人生路
拆散咱，鬢邊交代永遠無欲分開的情加愛
烏暗，攏無給咱通知，烏嘛嘛沉落來
壓歹厝柱，壓落厝樑，壓害咱用心經營的家庭
壓慘咱，昔惜日下願花開月圓的將來
烏暗，破瓦亂亂飛，沉落來
烏暗，砂石盈盈滾，沉落來

烏暗，沉，落來

我心酸酸，祈求世紀末的悲哀早早過去
烏暗，沉，落來
我心糟糟，寄望美麗島的傷痕趕緊好勢
烏暗沉落來
我心悶悶，但願冤死的魂魄永遠會得通安息
烏暗沉落來
我心憂憂，期盼倖存的生者繼續向前去拍拚

——選自《中央日報》副刊（一九九九年十月五日）

作者簡介

向陽，本名林淇瀁，南投鹿谷人，一九五五年生。文化大學日文系畢業後，投身新聞編輯工作二十多年，曾任《時報週刊》主編、《大自然雜誌》總編輯、《自立晚報》文藝組主任兼副刊主編、《自立早報》總主筆等職務，二〇〇三年獲政大新聞學博士學位，現任教於東華大學原住民民族學院。著有詩集《銀杏的仰望》（1997）、《種籽》（1980）、《十行集》（1984）、《歲月》（1985）、《土地的歌》（1985）、《四季》（1986）、《心事》（1987）、《向陽詩選》（1999）、《向陽台語詩選》（2001）。

向陽的詩，多少年來標示著臺灣知識分子的良知。嫻熟的文字運用，是一般急切表達、情緒性發洩、意識型態作祟的詩人所不及；深沉的臺灣心、深濃的臺灣情，則是另一種只在藝術層次追逐、只在虛幻夢境徘徊的詩人所無法想像；廣博的土地認知，精確的時代脈息的掌握，則是一般埋頭寫作的詩人自嘆弗如；甚至於二十世紀即將結束的年代，一個從南投深山中出來的孩子卻是臺灣網路最勇健的詩人，向陽，無疑地又成為眾多詩人所無能同列並評的對象。因此，向陽的詩，在一九二三年發展至今的臺灣現代詩史中，是從庶民走向士民又能回頭關懷庶民的詩作代表，庶民不覺其深，士民不覺其淺，士民有所悟、有所覺，庶民有所感、有所動，與土地、人民共同呼吸。

一向有著相當內斂性格的向陽，二十五年來一直維繫著詩的形式保持某種特定的格律，《十行集》自不待言，早期的《銀杏的仰望》、《種籽》，無不如是；近十年所寫的作品，尚未結集成書，但已收入《向陽詩選》中稱之為〈亂〉的這一輯詩作，其實也有某種程度的格律可尋，譬如，國語、臺語交雜使用。我們深信：詩是豐富的情感不得不宣洩的藝術，傑出的詩人要以有限的字句涵蘊無限的情愛，自覺的詩人要以限定的格律作無限的發揮，臺灣的詩人要以臺灣的語言發出臺灣的心聲。以上各句，只要贊同其中任何一句，必定可以在向陽詩中得到印證，得到歡喜。

延伸閱讀

1 向陽得意詩篇：〈心事〉、〈秋辭〉、〈制服〉、〈小滿〉、〈大雪〉、〈一首被撕裂的詩〉、〈阿爹的飯包〉、〈搬布袋戲的姐夫〉、〈霧社〉。

2 《台灣詩學季刊》第33期、34期「台灣詩人專論——向陽篇」，2000.9及2000.12。

3 向陽：《向陽詩選》，臺北：洪範書店，1999。

4 向陽：《向陽台語詩選》，臺南：金安機構，2002。

5 王灝：〈不只是鄉音——試論向陽的方言詩〉，文訊雜誌，1985.8。後收入《中華現代文學大系評論卷（二）》，九歌出版社，1989。

6 蕭蕭：〈向陽的詩，蘊蓄台灣的良知〉，台灣詩學季刊第33期，2000.9。

觀音

羅智成

柔美的觀音已沉睡稀落的燭群裡，
她的睡姿是夢的黑屏風；
我偷偷到她髮下垂釣，
每顆遠方的星上都大雪紛飛。

——一九七五年八月

——選自瘂弦編《當代中國新文學大系．詩卷》（天視出版事業有限公司，一九八〇年四月）

鎮魂

羅智成

他們以重機械徹夜在外頭切割巨廈
你徹夜被騷擾，卻始終沒有醒來。
十層樓的破碎迷宮把你困在噩夢的夾層裡
或者，你被掛著相框的牆壓成最後一張照片
或者，你被缺乏鐵質的大樓吞噬，成為它
糾纏的管線裡淤塞的血水；
所有的可能都已腐臭、發脹
不再可能……
在被挖掘開來的馬賽克浴室，四處是你過期的呼吸
被摺疊起來的挑高客廳
縮得小小的那聲尖叫還在瓦礫中戰慄
在挖掘不出來的驚懼裡
翻倒的美景則緊摟著你孤單的屍骸，
也許還有一個永被深埋的想法……

死亡已經治癒你們的傷痛與恐懼了嗎？
我們不然，
整個島嶼還在收縮、抽痛、胡言亂語
生命總一次又一次叫我們面面相覷：
我們只是薄膚恆溫的凡人
怎會遇上只有地球足以承擔的變動與損傷？
我們只是偶爾自大的脆弱生靈
為何要經歷萬噸建材與憂傷的折難？
你們看，
整個島嶼在抽痛、蹺曲
在傳遞、播報、哀悼、喧嘩與聚集
其力量宛如一個宗教的誕生……
但不盡然
那只是種種美好的想像
對一個規模七・三強震的無謂抵抗

規模七・三的強震重新躺回斷層
整個島嶼在香煙裊繞的晨曦中
繼續喧嘩、哀悼與聚集

死亡已經治癒你們的傷痛與恐懼了嗎？
我們不然我們正慌亂地用重機械把
崩塌的視線吊走
把沉重的記憶切開
切割成比較容易消化與忘記的小塊
我們在廢墟中喧嘩、哀悼與聚集
這一切只是為了治癒我們自己

——原載一九九九年九月廿八日《聯合報》副刊。收入《八十八年詩選》（創世紀詩雜誌，二〇〇〇年）

作者簡介

羅智成，湖南安鄉人，一九五五年一月二十一日生。國立臺灣大學哲學系畢業，美國威斯康辛大學東亞文學所碩士。創辦臺大現代詩社。曾任中國時報人間副刊編輯、撰述委員、中時晚報副總編輯，《TOGO》雜誌總編輯，執教於淡江、東吳等大學中文系。現任出版公司負責人。作品曾獲時報文學獎敘事詩獎、新詩推薦獎。一九七〇年即發表詩作，詩集有《畫冊》（自印，1975）、《光之書》（龍田，1979）、《傾斜之書》（時報文化，1982；聯合文學，1999），《寶寶之書》（少數出版，1989）、《擲地無聲書》（少數出版，1989）、《黑色鑲金》（聯合文學，1999），近年部份詩集改由天下文化出版。另有散文集四種、論述一種。

哲學系出身的詩人，具有與眾不同的個人神秘風格，語言近乎咒語或祈語，帶著巫師似的催眠火焰，有濃烈的屬於法老式的純粹之美，和權威。

延伸閱讀

1 陳義芝：〈羅智成的「鷹」〉，見《不盡長江滾滾來——中國新詩選注》第七章，臺北：幼獅文化，1993。

2 張漢良：〈導讀羅智成「一支蠟燭在自己的光焰裡睡覺了」〉，見張漢良、蕭蕭編《現代詩導讀》導讀篇（三），臺北：故鄉出版，1979。

3 蕭蕭：〈導讀羅智成「觀音」〉，同註2。

4 林燿德：〈微宇宙中的教皇——初窺羅智成〉，《一九四九以後》，臺北：爾雅出版社，1986。

5 李癸雲：〈不存在的戀人：以陳黎、楊澤、羅智成的詩為例〉，台灣現代詩研討會論文，台灣文學協會主辦，2000.8.19。

6 陳啟佑：〈初論羅智成的《畫冊》〉，見《渡也論新詩》，黎明文化公司，頁179~180，1983。

雙人床

焦桐

夢那麼短
夜那麼長
我擁抱自己
練習親熱
好為漫漫長夜培養足夠的勇氣
睡這張雙人床
總覺得好擠
寂寞佔用了太大的面積

——一九九三

——選自《失眠曲》（爾雅出版社，一九九三年十二月）

露水鴛鴦

焦桐

【材料】

吳郭魚，豆腐乳，私釀百香果露，百香果汁，薑末，辣椒末，蔥花。

【作法】

(1)吳郭魚打理乾淨。
(2)薑磨成末。切好辣椒末、蔥花備用。
(3)豆腐乳、百香果露、百香果汁、薑末，加水調勻，在鍋裡煮沸。
(4)加進吳郭魚、辣椒末。快熟時，灑進蔥花。

【注意】

吃魚靠機會，吃飽靠智慧，吃完了記得擦掉油水，若不慎吃得太狼狽，可效朱彝尊辦法：「徐行數步，以手摩面，摩脇，摩腹，仰面呵氣四五口」，以避免食物中毒。

【說明】

化腐朽為神奇、化平凡為高貴，俱是壯陽的基本精神。吳郭魚新鮮卻價賤，恐怕是因為牠帶著泥土味。改善的手段是引進豆腐乳和百香果，以豆腐乳清除泥土味，再以百香果酒和百香果汁勾引鮮美的肉質。

吳郭魚必須捉對成雙。百香果露一定要偷偷摸摸地私釀，酒一旦公賣，就缺少了妙不可喻的偷情滋味。此外，這道菜不宜列入宴客菜單中，適合深夜寂寞時獨自咀嚼。

有一種處境，
偷偷摸摸
在義無反顧的烈焰中
快速成熟。有一種情感
辛酸，苦澀，與甜蜜
相糾相纏，在愛慾
貪嗔的油鍋裡
掙扎，蠢動，

再三被翻炒，啊
有一種煎熬像思念，
只能獨自品嚐；

有一種色澤，
遲遲未出現，只是
飄過思維，如人影
閃過夢境，
在沉默的冬夜，啊
有一種經驗，
不管酸甜還是苦辣，
我只在乎與你
共享人間的滋味。

——選自《完全壯陽食譜》（時報文化，一九九九）

作者簡介

焦桐，高雄市人，一九五六年出生，文化大學戲劇系畢業，藝術研究所碩士，輔仁大學比較文學博士班肄業，曾任《中國時報》副刊組執行副主任，目前執教於中央大學。著有詩集《蕨草》（蘭亭，1983）、《咆哮都市》（漢光文化，1988）、《失眠曲》（爾雅，1993）、《完全壯陽食譜》（時報文化，1999；二魚文化，2004）、《焦桐．世紀詩選》（爾雅，2000）、《青春標本》（二魚文化，2003）、《焦桐詩集：一九八〇～一九九三》（二魚文化，2009）、《焦桐集》（臺灣文學館，2010），及飲食文學集《暴食江湖》、《臺灣味道》，論述《臺灣戰後初期的戲劇》、《臺灣文學的街頭運動：一九七七～世紀末》等二十餘種。

焦桐喜歡閱讀的詩是含蓄委婉，繁複卻輕淡的作品。他說：輕淡，是一種深思熟慮的「留白」，特別是意識型態的留白，避免過度暴露意識型態，故意不淋漓盡致地直接陳述，故意不完整、不明白地道出事實；反而採取意猶未盡、吞吞吐吐的書寫策略，這種留白並非作品的未完成，而是存在於作品的本質。（見《焦桐．世紀詩選》）以此見證焦桐自己的詩作，在刻劃都市小人物、諷刺人性時，自有一種悲憫的戲劇效果，不見強大的壓力，唯覺椎心之痛雖細卻綿綿不絕，〈懷孕的阿順仔嫂〉、《完全壯陽食譜》的設計，正是這種功力的展現。

延伸閱讀

1 余光中：〈被牽於一條艷麗的領帶：讀焦桐新集《失眠曲》〉，中國時報「人間」副刊，1993.12. 26~27。

2 賀淑瑋：〈《完全壯陽食譜》之「幽默」策略〉，飲食文學國際研討會宣讀論文，收入《趕赴繁花盛放的饗宴》論文集，時報文化出版公司，1999。

3 高大鵬：〈幽魅的詩情——評焦桐《咆哮都市》〉，文訊雜誌第38期，頁81~83，1988.10。

4 胡錦媛：〈食色經濟學：焦桐《完全壯陽食譜》〉，中外文學31卷3期，頁9~26，2002.8。

5 劉紀蕙：《不在場證明——焦桐的〈青春標本〉》，文訊第217期，頁27~29，2003.11。

6 須文蔚：《青春狂歡節的文字標本——評介焦桐的詩集「青春標本」》，乾坤詩刊第28期，頁122~128，2003.11。

革命青年

劉克襄

我們村子到城裡讀書的師範生都失蹤了
那一天，只有多桑倉皇回來
據說他是唯一倖存的。假如我沒聽錯
那一年起，他開始變得抑鬱寡歡
最後，娶妻生子。我懵然出世
長大時，祖母說我很像他

七〇年代末，我進入大學
也許是必須註定的歷史命運吧
我好像接觸了馬庫色，也可能認識過
社會主義。那是十分茫然的年代
我和同學印地下刊物

發傳單。屢次被校方約談
我也放棄出國。一切告訴我們
沒有權利離開。難以理解的
多桑一直跟我有著激烈的爭執

八〇年代末，一切彷彿再生，又似乎結束
我與一名女子結婚
她，不知道應該如何介紹
我正在一家跨國公司任職
有一間公寓，她為我生兒子
兒子，我已存了一百萬
他將來可以留學深造

——寫於一九八三年

——選自《在測天島》（前衛出版社，一九八六）

小熊拉荷遠的中央山脈

劉克襄

在夜裡，火光使皺紋更深了
眼眶也陷進去，隱藏著
比悲憫還要厚的眸光
你蹲坐在鬆垮的背袋
只剩爐架上烘烤的玉蜀黍
那是今夜以及一生的糧食
明晨要像隻水鹿穿過針葉林
聽聽松蘿懸垂的肅穆聲音
中年白髮的鹿野忠雄就是這樣旅行的
從小把靈魂寄託給台灣
一個人背著三〇年代，七訪雪山
你也要朝一座沒有回路的山脊出發

不留後代，只孤立起矮胖的身影
讓頭骨蓋滾下碎石坡
那是樟樹、檜木、鐵杉逐一消失的地帶
四百年的不安
僅存一片寒原的寧靜
眼淚從鼻尖撲簌滑落
滴進火焰熊熊的夢中
一個自然學家的一生

孤獨啊孤獨
讓星鴉叫醒死亡
讓石虎噬咬肉身
讓冬夜掩埋靈魂

——寫於一九八八年十月十七日

——選自《最美麗的時候》（大田出版公司，二〇〇一年三月）

作者簡介

劉克襄，本名劉資愧，筆名李盥冰，臺灣臺中縣人，一九五七年生。文化大學新聞系畢業。曾是「陽光小集」同仁，專業作家，長期從事自然觀察、攝影，曾有自然志論述，並有繪本、旅遊指南、古道研究、自然教育等書籍創作。現為《中國時報》「人間」副刊主編。著有詩集六冊：《河下游》（自印，1978）、《松鼠班比曹》（蘭亭，1983）、《漂鳥的故鄉》（前衛，1984）、《在測天島》（前衛，1985）、《小鼯鼠的看法》（當代，1988）、《最美麗的時候》（大田，2001）。

劉克襄是寫實主義詩人的代表，關心生態、關心社會、關心政治，具有遠大的胸懷與眼光，文字淺白通俗，略似散文詩之鬆懈，卻以詩中自我醞釀的緊張感、戲劇性，深深攫住讀者的眼睛和心靈。早期作品抒情味濃，八〇年代初以政治詩批判現實，近十多年以自然寫作為皈依。劉克襄深信「詩句和葉子、種籽、鳥類、哺乳類動物、古道路線圖總會混雜在一起，形成私有的密語。」「只有詩能和自然界最底層的靈魂產生對話，才能釋放自己生命的狂野。」（見《最美麗的時候》自序）

延伸閱讀

1 劉克襄得意詩作：〈河下游〉、〈遺腹子〉、〈革命青年〉、〈希望〉、〈熱帶雨林〉、〈回家〉、〈賣藝人〉、〈海洋之河流〉、〈黑面琵鷺〉、〈自然老師〉。

2 簡政珍編：《台灣新世代詩人大系》〈劉克襄論〉，臺北：書林出版公司，1990。

3 劉克襄：《最美麗的時候》，臺北：大田出版社，2001。

4 簡明義：〈溫柔而堅持的意志——評劉克襄《最美麗的時候》〉，自由時報第39版，2002.4.26。

5 徐開塵：〈劉克襄情詩——秘密的語言投射在自然符號中〉（評介《最美麗的時候》），見民生報A7版，2002.3.23。

臺北新故鄉

路寒袖

老樹換新枝
枝枝向上天
合手打造新城市
四邊是山好景致
街路清氣溪全魚
逐工出門𪜶噍氣
臺北好徛起
快樂念歌詩
臺灣个門窗
歌詩滿街巷
扑開燈火揣希望
希望原來著是咱

先來慢佫攏相共
新一代个台北儂
夢已經震動
奮鬥毋通放

註：

1 清氣：乾淨。
2 逐工：每天。
3 嘸氣：嘔氣、抱怨。嘸 ian[3]／ㄧㄢ[3]。
4 徛起：居住。
5 扑：打。
6 佫：到。
7 相共：相同。

——選自《春天个花蕊》（平氏出版公司，一九九五年）

春天个花蕊

路寒袖

雖然春天定定會落雨
毋過有汝甲阮來照顧
無論天外烏雨會落外粗
總等有天星來照路

汝是春天上媠个花蕊
為汝我毋驚淋甲澹糊糊
汝是天頂上光彼粒星
陪汝我毋驚遙遠佮艱苦
春天个，春天个花蕊歸山坪
有汝才有好芳味
暗暝个，暗暝个天星滿天邊

無汝毋知佗位去

註：

1 定定 tiann^{7} tiann^{7}／ㄉㄧㄚ^{7} ㄉㄧㄚ^{7}：常常。

2 毋過：不過。

3 外烏：多麼黑。

4 上媠 siang^{7} suí^{2}／ㄙㄧㄤ^{7} ㄙㄨㄧ^{2}：最美。

5 澹糊糊：濕淋淋的。糊 koo^{5}／ㄍㄨㄛ^{5}。

6 彼：那。

7 歸山墘：滿山坡。

8 佗位：那裡。

——選自《春天个花蕊》（平氏出版公司，一九九五年）

作者簡介

路寒袖，本名王志誠，一九五八年生於臺中大甲。臺中一中、東吳大學中文系畢業。曾於一九八二年創辦「漢廣詩社」，出刊《漢廣詩刊》。擔任過出版社編審、傳播公司企劃、《台灣文摘》總編輯、《中國時報》〈人間〉副刊編輯，現任「文化總會」副祕書長，《台灣日報》副總編輯、主編《台灣日報》副刊，副刊上每天刊登現代詩一首，終年不斷，曰「台灣日日詩」，已成為臺灣副刊學上值得探索的特殊現象。著有詩集《早，寒》（臺中縣立文化中心，1991）、《夢的攝影機》（麥田，1993）、《我的父親是火車司機》（元尊文化，1998），臺語詩集《春天个花蕊》（臺語，平氏出版，1995）、《路寒袖台語詩選》（金安，2002）。

林懷民〈行來山頂看大海〉文中指出：「臺灣文學在現代主義的虛無失根之後，出現了凸顯基層人民淒苦形象的寫實主義作品。解嚴後，血淚歷史故事大量出土，字裡行間溢滿激情的控訴。這種現象有其時代的必然與必要，不僅彌補了臺灣歷史的空白，也收穫了許多令人動容的好作品。但是，我們特別歡迎路寒袖詩歌中的人物登場。他們代表了這塊土地大多數人共有的性情：平凡，善良，誠懇。」（《春天个花蕊》序）路寒袖的詩歌成就，大概會以臺語書寫的歌詩成為注目的焦點，論者以為路寒袖的臺語歌詩是「重拾臺灣歌謠尊嚴的里程碑」，是「點燃臺灣新文藝復興運動的火花」，因為路寒袖的臺語歌詩詞語典雅，情意真摯，不放棄現代詩的表現技巧，為臺語文學開創了新美學，為臺語雅歌系統拓啟了新典範。

延伸閱讀

1 林懷民：〈行來山頂看大海〉（《春天个花蕊》序），臺北：平氏出版公司，1995。

2 路寒袖：〈台語有七個聲調〉、〈本書的台語音標〉、〈台語常用字音譯簡釋〉（《春天个花蕊》前附文字）。

3 李敏勇：〈藏在衣櫃裡的歷史〉（評路寒袖〈衣櫃〉一詩），見自由時報第39版，2000.3.9。

4 廖輝英：〈書評：路寒袖的春天的花蕊〉，中華日報第9版，1995.6.23。

5 吳潛誠：〈心靈的耳朵——評莊柏林、路寒袖的台語歌詩集〉，見中國時報第39版，1995.7.5~6。

你感到幸福嗎

零雨

遠遠地，有一口箱子
朝我滾來。我要
在它到來之前滾開
（你感到幸福嗎）
在閃開那一剎那
躲了箱子
也避開幸福

再給我一口箱子吧

——原載一九九二年二月美國紐約《一行》詩刊總第十六期
——選自《消失在地圖上的名字》（時報文化出版公司，一九九二年）

昨天的博物館（選一）

零雨

辦公室裡支著頭的那位
先生百分之七十死了
百分之三十因為孩子的媽
奶瓶以及嬰兒

臉被刮鬍刀刮傷的那位
先生已經死了
百分之九十——
除了刮傷的部位
還算活著

面向眾人微笑的

那位先生已經死了
百分之百——
臉上的微笑也不算
活著

——原載一九九五年四月三日《中央日報》副刊
——選自《特技家族》（現代詩季刊社，一九九六年）

作者簡介

零雨，女，本名王美琴，臺灣臺北人，一九五二年二月十四日生。國立臺灣大學中文系畢業，美國威斯康辛大學東亞文學所碩士，哈佛大學訪問學者（一九九一）。曾任《國文天地》副總編輯，《現代詩》主編，現任教於宜蘭技術學院。一九九三年以〈特技家族〉一詩獲年度詩獎。詩集有《城的連作》（現代詩季刊社，1990）、《消失在地圖上的名字》（時報文化，1992）、《特技家族》（現代詩季刊社，1996）、《木冬詠歌集》（自印，唐山出版社總經銷，1999）。

兩次客居美國的零雨，醉心於旅行及《莊子》（認為是東方美學的極致），既震慄於古典之和諧規律、也傾心於現代的不和諧和不規律。因此不難明白零雨的詩中充盈的孤絕感綿延如山脈究竟如何而來，她的詩常以組詩連環而成，讀者得「放空」自己，否則難以登臨。但那畢竟是崇嶺天池，世上必有欣賞者，比如：「她的作品中裡有一種『現代』，在目前一般的詩人身上找不到。那樣的純粹和不媚俗，讓我在詩的國度尋找對話時想到她的詩；裡頭有一種孤獨，其他人的孤獨很吵鬧，她的孤獨很安靜」（劉克襄語，見李靜怡〈專訪劉克襄〉，誠品網站，2002）。

延伸閱讀

1 張芬齡：〈文字的走索者——讀零雨詩集《特技家族》〉，《現代詩》復刊號第29期，頁26~27，1996.6。

2 吳當：〈古塔流光——試析零雨「蔓草中有塔」〉，中央日報第25版，2000.5.17。

3 焦桐：〈飛往夢境的班機——小評零雨詩集《特技家族》〉，聯合文學月刊第12卷第11期，頁165~166，1996.9。

4 莊裕安：〈鷹架上的鴿子——《特技家族》〉，聯合報第43版，1996.7.22。

5 楊小濱：〈冬日之旅——讀零雨詩集《木冬詠歌集》，中央日報副刊，2000.2.2~3。

6 黃粱：〈想像的對話——零雨詩歌經驗模式分析〉，《想像的對話》，臺北：唐山出版社，1997。

7 可延伸閱讀的詩作：〈伍子胥日記〉、〈消失在地圖上的名字〉（〈崆峒〉等八首）、〈特技家族〉、〈戰爭中的停格〉、〈鐵道連作〉、〈潘朵拉的抒情小調〉、〈結婚紀念日〉、〈我們的房間〉。

轉車

孫維民

由於某事他錯過了每日黃昏乘坐的平快他從皮包取出火車時刻表（許多小小的數字和地名馴服地蹲踞在細窄的方格裡）然後決定逆向而行先北上到較大的車站再等七分鐘後的南下復興
站在天光急遽稀薄的月台他的雙腿因為白晝僵硬黑暗棲落此刻無需說話微笑的嘴巴還剩兩分鐘罷南下的火車即將駛來他突然想到全世界沒有一人知道他的位置現在他已經脫離了例行路線甚至無法準時回家
在他背後體貼的夜色先靠近了彷若護衛一份完整的孤獨一枚意外的自由閃爍如星

——一九九六年

一日之傷

孫維民

1

晚飯之後冬日的風還在窗門外搜索著。
我的足印向後行走，經過樓梯，巷街，車站，橋樑
回到一幢此時已然沉寂黑暗的建築……。
胃裡的食物磨碎，分解，進入小腸與大腸
而傷痛持續逗留在體內無法確定的某處
　　不易吸收，排泄困難。

2

若干時日之後，它依舊安然存在
像一枚鋼片或牙齒。

它與肺部吸進的空氣，食道流入的液體
遭遇，發生奇異的化學變化
終於成為身體的一部分——

在細胞之間築巢，像禽與獸
在血液之上飛翔，如神或魔

——原載《中外文學》第二七八期，一九九五年七月
——選自《八十四年詩選》（現代詩社，一九九六年）

作者簡介

孫維民，山東煙臺人，一九五九年十月四日生於嘉義。國立政治大學西語系畢業，輔仁大學英語研究所碩士。曾任國立中興大學兼任講師，現任臺南遠東技術學院專任講師。作品曾獲時報文學獎、梁實秋文學獎、中央日報文學獎、優秀青年詩人獎、藍星詩刊屈原獎等。詩集有《拜波之塔》（現代詩季刊社，1991）、《異形》（書林，1997）、《麒麟》（九歌，2002），及散文集《所羅門與百合花》（九歌，1989）等。

詩風兼得冷肅嚴謹及創發實驗之要領，知感並具，偶作驚人之舉。語言挑字精準，不做冗長贅述，深得生活哲學返樸歸真似之領悟。

延伸閱讀

1 唐捐：〈附魔與驅魔——孫維民的《異形》〉，見現代詩季刊，1997.12。

2 徐曜均：〈知性與感性的婚慶——試析孫維民詩集《拜波之塔》〉，台灣詩學季刊第22期，1998.3。

3 白萩：〈換位的觀察——簡介「三株盆栽和它們的主人」〉，中國時報人間副刊，1992.10.28。

4 莫渝：〈返鄉的心情〉（評介〈快車〉一詩），國語日報第5版，1989.8.6。

5 陳政彥：《冷冽的都市形上學——孫維明民小論》，創世紀詩雜誌第160期，頁14~17，2010.3。

6 落蒂：《突破公式化的人性書寫——讀孫維民作品〈異形〉》，創世紀詩雜誌第151期，頁58~62，2007.6。

丑神

——觀馬歇・馬叟

陳克華

漸漸地，我不再以為
他是以他的哀傷取悅我了——
在擁擠著象徵與暗示的舞臺
因為想像的微風
拂動了，輕輕觸響了幾個內心的音節
而顯得遼闊
他說他孤獨。

他寫詩。更不著痕跡的，
他玩弄著柔軟的符號——

他綑綁他自己
他雕鏤著時間
他與自己拔河——可憐的孩子，
彷彿因為太多的試探
而變得寂寞，唉，而認真地在一旁
玩著只有自己懂得的遊戲。

然後他被撕扯
許多看得見的精靈正爭著要他，
他被自己的影子絆倒了
他打破房間所有的鏡子
他想逃離；
他執我的手，教我撫摸——

逃不走了……，我同意著，
許多沉默的理念
在瞬間閃逝，舞台上

人類正尋求一道生活的缺口
他堅持不以語言指示
他獨力搬動一塊隱形的巨石——

當他滾著天真的皮球走過
他告訴我這便是我們居住的地球
他厭倦了奧林匹亞的工作，他說
他想當個人類，休息一陣子

——一九八三年
——選自《我撿到一顆頭顱》（漢光出版社，一九八八年）
——另見詩選集《別愛陌生人》卷二（遠流出版公司，一九九七年）

婚禮留言

陳克華

我的至愛
今日我從你手中接過你贈與的指環
所值不貲
我將因此賦予
你合法使用我的屄的權利

你將餵食我以中餐西餐日本料理
韓國泡菜港式點心法國晚餐
當然，還有你的陰莖和精液
你的腳趾和體毛，
你的性病和菜花，愛人啊
我經濟獨立，學業有成，人格成熟

今日並成為你惟一的妻
我將自此否認我的手指曾經觸碰過
其他同樣鴨豹亢奮的陽具
不記得曾經被父親染指
只仰慕你一人的喉結和體臭

我並不因此放棄節食和韻律操
肥皂劇與手淫
我曾經珍愛我的處女膜
辛勤鍛鍊陰道括約肌
但你我皆無法領會何謂童貞……

我的至愛
請接受我回贈你的皮鞭與烙鐵
手銬刑具與潤滑膏
（你為什麼不是一名納粹黑衫軍官呢？）
在這純白的婚禮上

我嚮往一名酷似你的多毛嬰孩
他將揪緊我的奶頭搾取其中乳汁
我將因此興奮體驗此生我的無上幸福

——選自《欠砍頭詩》（九歌出版社，一九九五年）
——另見詩選集《別愛陌生人》卷五（遠流出版公司，一九九七年）

室內設計（選四）

陳克華

室內

一個燠熱的夏夢。人羣裏
傳出關於青春的激辯
我曲折穿過
走去把窗戶一個一個關上——防止逸失體溫。
你像一種窒息的空氣
充斥在六月天空
遭遇焚風的谷地和鼠蹊，
看罷，戀的焦土
十里、百里
延伸向我們可預見的未來
——所以我安居室內

澆灌那快速繁殖的慾望
為即將肆虐的乾旱
培養潮濕
和淚意——
然而我已是一株不可辨識的植物
早應該撤換的花草，
再無法承擔任何美麗的任務，呵
我活在如此寒涼的室內熬著一個
緊接一個燠熱的夏夢
人羣裏竊語著幻滅的巨響
我筆直走向你
剝開那些次要的
把你洋蔥般一層一層撕開
直到水質的核心顯露
——你砰然頹倒
原來，在我們周圍
方圓百里之內
愛與絕望同義

原子筆

令蜻蜓也感暈眩的，第六根指頭
斜簽在一片潔白
思維的紙面上

旋轉復旋轉
像一架無法起飛的直昇機
的槳翼，繞著拇指
而無法將思想提至精神的高處——
急躁，困頓而且
終必滾離桌面。

字紙簍

一張有話要說的嘴。我拚命
填塞

報廢的思考
易開罐的戀情
被明天退回的記憶
「是他見證了我推論過程的各個細節部分……」
價值應在於此。但是永遠
太容易溢滿
　　嘔吐
關於生命
我不知道我亟欲丟棄的部分如此體積龐大
　　　　　　　　　　　　　　結構複雜。

後記：室外

室外有一湖。人工湖。
我問：你為何要躺在如此高曠的地方呢——

這裏的氣候太乾空氣太髒風景太少
而人類太多……

因為，湖說：這樣
這樣上帝才看得見
地球表面上
有一顆
眼淚。

——選自《星球紀事》（元尊文化，一九九七年）

作者簡介

陳克華，山東汶上人，一九六一年十月四日生於花蓮。臺北醫學院畢業，曾主編《現代詩》季刊，現為榮總眼科醫師。作品曾獲第一屆陽光詩獎、第四、五、六、七、八、九屆時報文學獎、第一、二、四、五、六、七屆全國學生文學獎、金鼎獎（歌詞類）、中國時報青年百傑獎文藝類得主。詩集有《騎鯨少年》（蘭亭，1986）、《星球紀事》（時報文化，1987）、《我撿到一顆頭顱》（漢光，1988）、《與孤獨的無盡遊戲》（皇冠，1993）、《我在生命轉彎的地方》（圓神，1993）、《欠砍頭詩》（九歌，1995）、《美麗深邃的亞細亞》（書林，1997）、《別愛陌生人》（詩選集；元尊，1997）、《新詩心經》（歡熹文化，1997）、《看不見自己的時候——陳克華作品集（歌詞）》（探索，1997）、《因為死亡而經營自己的繁複詩篇》（探索，1998），另有散文集五種、和小說、劇本等。

其詩作繁複、犀利，政治和性是他經常挖掘、嘲諷的主題，他以剝揭人們遮羞的面具為樂，此種「殘酷」或肇因於無力感，赤裸的渴求或基於孤寂，乍看血淋淋，讓人難以吞嚥，卻飽含溫潤的淚水和汗水。深入自我的五臟六腑，再出以豐盛的語彙，堪稱青年一輩的代表。

延伸閱讀

1 許悔之：〈無邪的工作：關於陳克華的詩〉，見九歌版藍星詩刊，1985.10。

2 吳繼文：〈孤寂的青春日：陳克華傳奇〉，見文訊雜誌，1986.8。

3 呂澤加：〈陳克華在詩與非詩之間〉，見中央日報副刊，1995.8.18~19。

4 吳夙珍：《陳克華新詩研究》，國立中正大學中文研究所碩士論文，1999。

5 鄒桂苑：《拼貼當代情／色文學地景——陳克華詩作文本探勘1981~1997》，淡江大學中文研究所碩士論文，1998。

6 陳克華其他得意的詩作：〈星球紀事〉（長詩）、〈排好排卵日〉（組詩）、〈閉上你的陰唇〉、〈不道德標本〉、〈我撿到一棵頭顱〉、〈想我這男身〉、〈狂人日記〉（組詩）、〈前世的聲音〉、〈新詩心經〉（長詩）、〈無眼界〉。

關於泰雅(Atayal)

瓦歷斯・諾幹

1出生禱詞

嬰兒就要出生，
從媽媽的肚子裏，
像河水順暢地滑出來。
很快地，你就要出來，
用你螢火蟲般的亮光，
照耀叢林的缺口，
像風，像鳥翼，像飄雲，
沒有纏藤能夠阻礙你。
快快出來，孩子
　偷懶的雙腿，
茅草纏繞並且發胖，

貪戀睡眠的身軀，
精靈使你發腫。
出來讓我們見面，
祖父備好小番刀，
等待你獵回第一隻野獸，
祖母備好織布機，
等你編織第一件華服；

出來了，嬰兒出來了，
一對鷹隼的眼睛閃閃發光，
四肢如強健的雲豹，
熊的心臟，瀑布的哭聲
嫩草的髮，高山的軀體
完美的嬰兒，
自母親的靈魂底層，
成為一個人（Atayal）。

註：泰雅族自稱為 Atayal，人的意思。

2給你一個名字

孩子，給你一個名字。
你的臍帶，安置在
聖簍內，機胴內，①
你是母親分出的一塊肉。

孩子，給你一個名字。
讓你知道雄偉的父親，②
一如我的名字有你驕傲的祖父，
你孩子的名字也將連接你。

孩子，給你一個名字。
要永遠記得祖先的勇猛，
像每一個獵首歸來的勇士，③
你的名字將有一橫黥面的印記。

孩子，給你一個名字。
要永遠謙卑的向祖先祈禱，
像一座永不傾倒的大霸尖山，④
你的名字將見證泰雅的榮光。

附註：

①泰雅族嬰兒臍帶脫落後，男的由父親收藏於聖簍內，期待長大後成為勇士，聖簍內置發火器及馘首之頭髮。女嬰，則由母親收藏於織布機的機胴內，期待長大成人後精於織布。

②泰雅族命名方式為「父子連名制」，例筆者瓦歷斯．諾幹，瓦歷斯為我名字，諾幹為我父親名，我的孩子是「飛鼠．瓦歷斯」。

③古時，泰雅族信仰祖靈，一個人生而為 Gaga 的一員，個人的生存必賴 Gaga，積極參與 Gaga 的群體功能是個人最大的安全與維持生存的保障。而出草獵首為泰雅族男人爭取榮譽與地位的主要手段。

④泰雅族澤敖列亞族（Tseole）相傳以大霸尖山為祖先發源地。筆者為澤敖列亞族之北勢群（分布於大安溪上游部分）。

——發表於一九九二年九月四日《中國時報》人間副刊

——選自《八十一年詩選》（爾雅出版社，一九九三年六月）

作者簡介

瓦歷斯．諾幹，臺灣原住民泰雅族人，最初使用漢名吳俊傑，後以泰雅族語發音恢復原名「瓦歷斯．諾幹」，早期曾以筆名柳翱、瓦歷斯．尤幹寫作。一九六一年出生於臺中縣和平鄉泰雅聚落——埋伏坪（今稱「雙崎」）。臺中師專畢業，任教於臺中縣自由國民小學。近年來從事臺灣原住民民族文化運動，一九九〇年八月創辦《獵人文化》月刊，撰寫部落報導，整理原住民神話、傳說，寫成散文集《永遠的部落》、《荒野的呼喚》等，展現泰雅雄渾、剽悍的文字風格，由臺中晨星出版社刊佈。詩集有《想念族人》（晨星，1994）、《伊能再踏查》（晨星，1999），餘有《戴墨鏡的飛鼠》、《番人之眼》、《番刀出鞘》、《迷霧之旅》、《字字珠璣》等作品。

臺灣是多元化自由發展的國家，國語、臺語、客語、原住民語言並行而不悖，但在文字書寫之時，唯有漢字才是唯一可靠、可行的符碼，因此，原住民詩人創作時先天條件就有所不足，泰雅族的瓦歷斯．諾幹、排灣族的莫那能，是少數能以漢字表達詩意的原住民詩人，他們的作品也因而得到臺灣詩壇相當多的注視。他們的詩中往往充滿雲豹、黑熊、瀑布、高山等現實環境的真實意象，充滿力量、正直、勇武、宏偉的陽剛之美，樸質的語言，明朗的音調，令人耳目一新。但是文化失調、生活挫折的失意感，原住民在現代社會中的困境，回歸山林的尷尬，對母體文化的眷戀與牽掛，卻也成為他們詩中永遠的浩歎。

延伸閱讀

1 《八十一年詩選》（〈關於泰雅〉合評），臺北：爾雅出版社，頁110~115，1993。

2 莫那能詩集《美麗的稻穗》，臺北，晨星出版社，1989。

3 李有成：〈讀瓦歷斯・尤幹的《想念族人》〉，聯合文學第122期，頁113~116，1994.12。

4 杜十三：〈歌唱的石頭——讀瓦歷斯・尤幹的《想念族人》〉，文訊雜誌，1994.9。

5 曾湘綾：《巨大災難後，首先要重建心靈！——專訪泰雅族文史學家瓦歷斯・諾幹》，人本教育札記第244期，頁8~15，2009.10。

6 林文馨：《原住民現代詩中的後殖民書寫——以瓦歷斯・諾幹《想念族人》、《伊能再踏查》為例》，臺灣詩學學刊第12期，頁159~183，2008.11。

洗衣程式

六首

洪淑苓

1 浸泡

只有水　才能顯影
昔日的容顏
渴望復甦

2 洗滌

千條萬條的臂膀撕扭交纏
暗潮洶湧時
不語的心事
載浮載沉

3 脱水

而我已經洩漏太多
卻還要裝作勇敢

超高速分離
使我昏眩
我的存款被掏一空

我被丟棄
在等待曝曬的竹籃裡

4 晾乾

裱框了記憶
在天地的畫廊展出

只有風
面無表情地走過

5 摺疊

篇幅太長
抑或注解太多
只好
讓往事摺疊
　一疊　便於整齊
二疊　利於收藏

將將揣入袋底
最怕
行色匆匆的路人
撞了過來

6 收藏

梅子浸沒玻璃罐底
葡萄沉潛甕中
天何言哉

無家可歸的羊兒
請來我的柵欄安歇
我並不打算收養你們
只有這青青的牧草
請盡情地吃吧
當你啃著嫩嫩的草根
也就啃囓了我靈魂深處的
收藏

我收藏
三萬三千煩惱種籽
春風
吹
又
生

——發表於一九九七年六月《現代詩季刊》復刊廿九期
——選自《預約的幸福》（河童出版社，二〇〇一年七月）

作者簡介

洪淑苓，臺北市人，一九六二年生。臺灣大學中國文學博士，現任臺大中文系教授，曾獲學生文學獎、教育部文藝創作獎、臺北文學獎。創作散文與詩，語言清麗，風格溫婉；評論之作，則條分縷析，脈絡清楚而有文采。著有詩集《合婚》（1994）、《預約的幸福》（2001）二部；散文集《扛一棵樹回家》等三種，評論《現代詩新版圖》，另有學術專著《牛郎織女研究》、《關公民間造型之研究》等。

張健說：「洪淑苓的個性是溫和而內斂的，但她的詩卻已作到能收能放，柔中有剛。」向明也認為，洪淑苓遵循的是傳統美好的「溫柔敦厚」的詩教，選擇的是溫婉抒情作她詩的最終表現。她主張以詩的敏慧為人間創造美的音聲，為苦難的人間預約一份平凡而寧靜的幸福。她這份詩觀是儒家精神莊重進取的承傳，沒有妥協，沒有鄉愿，遇到當有所為或不得不正視的問題時，她還是義無反顧用詩表達正義（見《預約的幸福》序文）。若是，洪淑苓是預約幸福的傳統女性，是蓉子、敻虹之後的婉約詩人，而非創造幸福的女性主義者。

延伸閱讀

1 向明：〈猶記得彼當時——寫在《預約的幸福》之前〉（《預約的幸福》序文），河童出版，2001。

2 朵思：〈溫柔的母性發聲與人性關懷〉（《預約的幸福》序文），同註1。

3 辛鬱等編之《九十年代詩選》（創世紀詩社，2001）中的〈阿母个裁縫車〉及〈地震日記二則〉二詩可參酌。

4 張健：《不要砍我的相思樹——序洪淑苓詩集「預約的幸福」》，中國語文第530期，頁73~76，2001.08。

妳不瞭解我的哀愁是怎樣一回事

林燿德

妳不瞭解我的哀愁是怎樣一回事。
當妳披紗的裸身　海一般　起伏　沉睡……
我的胸膛緩緩裂開
滾出繫上動脈的心臟
。分叉的舌，許多尾
蜥蜴唏噓著自我溢血的七竅爬出
。在妳靜好的夢中
　　：一男子
　　　垂直落江
　　　　手勢
　　　　　在水面

　　開綻
兩朵樂觀向上的
　曇花
　　。已來不及了
　當妳甦醒
我的笑靨正浸入血泊
　很是甜美
最後一隻猶豫不決的蜥蜴仍然
停竚我的額上
將它多鱗甲的頸部僵硬地伸向妳的髮際
蜥蜴是不會笑的
記得我曾經告訴妳
告訴妳：
妳不瞭解我的哀愁是怎樣一回事。

輕輕捧起我沾血的臉龐舔乾赤色的漬跡
　妳依舊卸下薄紗依戀著男子的肉體
　用閃爍的目光省視我尊貴的額頭
　用暖和的乳房熨平我起伏的腹肌
　用濕潤的毛髮磨挱我堅實的膝蓋
　用匍匐的肢體朝拜我受傷的靈魂
但是
妳不瞭解我的哀愁是怎樣一回事。

最後一隻蜥蜴已經悄悄隱遁
不管牠們逃避到那裡
沒有顏面神經的頭顱上
都有一個寬闊無際的天空
找不到陰影的荒野上
牠們時而心疼地聚集
交疊唇瓣
在烈日下吸吮彼此逐漸乾涸的唾液……

記得我曾經告訴妳
告訴妳……
妳不瞭解我的哀愁是怎樣一回事。

（一男子垂直落江手勢在水面開綻兩朵樂觀向上的曇花……）

睜眼閉眼，開啟之際
沒有光，的世界消融又甦醒
我只不過是一顆陌，生的鑲鑽
如此悲，涼地嵌在妳髮梢
　啊親愛的女子　離開以前
　在妳徐緩的呼吸裏呼吸著最後的甜蜜
　靜靜看這靜靜的胴體靜靜翻覆
　我自始了悟離合的生態
所有的蜥蜴逃走之後
交配的季節逝去
為何我們註定是獨居的族類

沉悶的空氣
僵固的視界
我的爪痕……
妳不瞭解我的哀愁是怎樣一回事。

——原載一九八六年十二月《香港文學》第廿四期
——選自《妳不瞭解我的哀愁是怎樣一回事》（光復書局，一九八八年）

作者簡介

林燿德，本名林耀德，福建同安人，一九六二年生，輔仁大學法律系畢業。曾參加「四度空間詩社」，任「書林詩叢」編委，「尚書詩典」總編輯，「青年寫作協會」秘書長，一九九六年一月因猝發性心疾逝世，享年三十四歲。林燿德在世時日雖短，生命力與企圖心十分旺盛，著有詩集《銀碗盛雪》（洪範，1987）、《都市終端機》（書林，1988）、《妳不瞭解我的哀愁是怎樣一回事》（光復，1988）、《都市之甍》（漢光文化，1989）、《一九九〇》（尚書文化，1990）、《不要驚動不要喚醒我所親愛》（文鶴，1995）等六部。詩評論集《一九四九以後》（爾雅版）、《不安海域》（師苑版）等，策劃主編《台灣新世代詩人大系》（書林版）等，均令詩壇為之驚羨。

二〇〇一年底楊宗翰收集林燿德佚文，都為五冊《新世代星空》、《邊界旅店》、《黑鍵與白鍵》、《將軍的版圖》、《地獄的佈道者》，由中和市「華文網」出版發行，著作總貌更形完整。

鄭明娳總論林燿德的創作空間，說他「多種文類相互滲透、共同構築一系列宏觀的靈視空間，也建立了他獨特的文體特色。」張漢良亦云：「悠遊火與光之間的林燿（耀）德，既預見了核爆的『光／更強的光』，復鍾情於『火山流金』；既出入於元素和感官現象間，復超乎象外，在三度空間外的第四度空間騁馳，他的時間靈視涵蓋了古代、現代、未來，固無愧其持有四度空間通行證也。」

延伸閱讀

1 林燿德策劃主編《台灣新世代詩人大系》（書林版）頁701~704。

2 楊宗翰主編《新世代星空》、《邊界旅店》、《黑鍵與白鍵》、《將軍的版圖》、《地獄的佈道者》（中和市「華文網」出版）各書序文（由向陽、李瑞騰等人執筆）。

招秋魂

鴻鴻

秋心如海復如潮
但有秋魂不可招
——龔自珍

死時她還是個少女。
只因早婚，才迅速被人忘記。
生了一個孩子，換了更大的浴室
她的生活越過越單薄，越像是一柄
鋒利的小刀。

這些在她死後才出現：

碎花髮夾，木製相框，親愛的姊姊
從遠方寄來的信件
洗淨的枕套曬在陽台
看不出淚水的印痕。
同學，情敵，孩子，母親，一同望見
那英挺微笑的丈夫翩然現身
她的一生才完整。

前一天床腳突然塌陷，丈夫的那一邊。
奇怪，因為她睡得多。
這些日子她就倚靠在一座
蛀蟲的窩巢
床垮了，蛀蟲要往那兒躲？

她又認床。想到換床就翻一次身。
孩子在睡。小聲。

很久了，沒有任何東西可供尋找
直到她開始尋找睡眠。
她走進浴室，卸下
自己的手，沖洗乾淨
然後是頭，乳房，腳
優雅，熟練，美麗，充滿憐惜
像一個死去已久的女鬼
也許她確實死去已久
然則，什麼樣的鬼魂
淌下的淚水仍然溫熱如昔？

丈夫不耐煩時終於闖進浴室
一面撒尿，一面看著滿地支離的碎片
像一首歌等待拼湊成形
但他如此草率，粗心，以致全盤錯置
卻無人察覺……那些武斷的傷痕
遂被輕易理解成命運的圖讖。

他抱來孩子
開啟她多年前的詩文，企圖截選
一則自疚的遺言：

「人生有無限的自由，
可以選擇，可以改變……」
人生有無限的自由
可是在乎的只有一點點。

——一九九二年

——選自《在旅行中回憶上一次旅行》（唐山出版社，一九九六年）

我要用一生的時間才能睡著

鴻鴻

我要用很久很久、很長很長的時間才能睡著
我要用整整的一生等一杯咖啡冷掉
當地球研磨我腦中的豆子，發出痛苦和香味
　單數的日子像黑鍵
我要費力跳躍才不會被音樂絆倒
我能嗎？我要落後一步
讓抽屜拉開一整個下午
打開瓶蓋讓膠水凝固，不因黏接任何事物
我要離開這張床，到一個你不曾哭泣的地方
我要離開睡眠，到一個你不會出現的地方
我要用鹽水漱口，按時吃藥
在輪到我接吻時說Pass

我要讓答錄機開到世界末日，像個不再回來的人
我要在公路收費站前咆哮，像個有急事待辦的人
我要把罰單和發票一張張塞在車內的角落不讓人找到
我要把筆尖放進海水，等著墨汁流清
一些魚卵帶著詩中的字被衝散，吞噬
另一些孵化為水母，鱷魚，和海藻
等待是如此驚濤駭浪，比遺忘的過程更美，我知道。但如何能不
耗費一生的時光才真正睡著

——一九九五年

——選自《在旅行中回憶上一次旅行》（唐山出版社，一九九六年）

作者簡介

鴻鴻，本名閻鴻亞，山東即墨人，一九六四年十月二十三日生於臺南。國立藝術學院戲劇系畢業。曾任《現代詩》季刊及《表演藝術》雜誌主編。創立「密獵者劇團」及「快活羊電影工作室」。電影作品有《三橘之戀》、《人間喜劇》、及《空中花園》。作品曾獲時報文學獎新詩首獎、聯合報文學獎新詩第一名、時報文學獎小說評審獎，電影作品曾獲南特影展最佳導演獎、國際影評人獎等。詩集有《黑暗中的音樂》（現代詩季刊社，1990）、《在旅行中回憶上一次旅行》（唐山，1996）、《與我無關的東西》（唐山，2002）、《土製炸彈》（黑眼睛文化，2006）、《鴻鴻詩集2006~2009女孩馬力與壁拔少年》（黑眼睛文化，2009）、《鴻鴻詩精選集》（新地文化藝術，2010）及論述、小說、劇本等。

鴻鴻的詩「氣息自由」，早就卸下中壯一輩的歷史包袱，表現出純潔、冷峭和幽默——敏銳又極端的自我，顯現了新世代鮮明的風格和特質。

延伸閱讀

1 奚密：〈現代城市神話——評鴻鴻《在旅行中回憶上一次旅行》〉，聯合文學月刊12卷第8期，頁165~166，1996.6。

2 孫維民：〈虛無與生機——關於鴻鴻詩集《在旅行中回憶上一次旅行》〉，中華日報第15版，

1997.3.24及31。

3 周麗鈞：〈鴻鴻——一個詩人導演的少年故事〉，中央日報第13版，1999.11.23。

4 黃亞琪：《詩人導演鴻鴻的創作「遊戲學」》，臺灣光華雜誌32卷，第10期，頁50~56，2007.10。

5 李長青、黃明德、李俊東、陳銘堯、阿流、鴻鴻：《另類詩談：鴻鴻的〈徹底摧毀〉》，笠詩刊第258期，頁139~144，2007.04。

6 鴻鴻得意的詩作：〈一滴果汁滴落〉、〈與我無關的東西〉、〈我也會說我的語言〉、〈計畫〉、〈花蓮讚美詩〉、〈新生活〉、〈上邪〉、〈分離的世界〉、〈翻譯的女人〉、〈失而復得的皮箱〉。

遺失的哈達

許悔之

我們攜手，站在轉世的渡口
船就要來了，我們深深的對望
來生終將如月圓滿，遍照
十方虛空和我們的心房

然而風起轉狂
吹走了繫在你頸上的哈達
你心愛的哈達隨風而飄
我去追它，催你先上船
以為下一艘我就能趕上你

誰知哈達飄得那麼快
翻山越嶺，飛過大洋
五年之後我終於找到它

再過三十年，你坐在堂上說法
依序為生病的身軀繫上哈達
祝福迷途的靈魂堅厚充實
如架上葡萄的果肉撐得飽滿

輪到我了——我彎腰接受你
為我繫上哈達，那今生蜜鑄的鐐銬
我從懷中取出那遺失過的哈達
看見你眼中有滾滾紫色淚光

——選自《我佛莫要，為我流淚》（皇冠出版社，一九九四年）

齋飯

許悔之

這一次我離開囚室之際
陽光正好。整座中南半島
一只迎向海洋的缽
我感覺自己和同胞
像一顆顆堅實的米粒
被海洋的水沖刷，淘洗
陽光似火，我們取槍桿為薪
慢慢地煮出一缽飯

從十方來
向十方布施
鴿子或猛虎都好
毒龍和綿羊皆不推拒

飢餓的幼兒咬痛母親的乳頭

我走出囚室
看管我多年的兵士
羞愧地垂頭
當土地淪為花木的墳穴
天空變成飛鳥的牢籠
我什麼也不能做——
除了做一顆飽滿的
拒絕受潮和腐臭的米粒
之外，我還堅持清遠的香味
那抖顫的發芽，抽穗和結實
是的，困阨之時
生命仍須像煮飯一樣
全神貫注
現在我將迎接那水
佛陀已經伸出祂的手

為我，我們淘洗
我將在水中旋浮，滌淨
啊最後安靜地沈落
等待那火

等待那火
我感覺自己停經後的身體
在秋涼之中悲傷和快樂
我去淘米取水
煮一缽齋飯
獻奉給噬人的餓狼
和三世的諸佛

——原載一九九四年十月三十一日《聯合報》副刊
——選自《當一隻鯨魚渴望海洋》（時報文化出版，一九九七年）

作者簡介

許悔之，本名許有吉，臺灣桃園人，一九六六年十二月十四日生。國立臺北工專化工科畢業，曾任地平線詩社社長，自由時報副刊主編，現為《聯合文學》總編輯。作品曾獲全國學生文學獎、中華文學獎首獎、教育部文藝創作獎、第一屆五四獎青年文學獎等。詩集有《陽光蜂房》（尚書，1990）、《家族》（號角，1991）、《肉身》（皇冠，1993）、《我佛莫要，為我流淚》（皇冠，1994）、《當一隻鯨魚渴望海洋》（時報文化，1997）、《有鹿哀愁》（大田，2000）、《亮的天》（九歌，2004）、《遺失的哈達：許悔之有聲詩集》（聯經，2006）及英譯詩集、散文、童書等。

詩風由早期的黑色孤寂，經由泯滅自己而求得自我拯救，再小的事物都能成為他「求法」時膜拜和學習的對象，其過程是經由浪漫主義的感動獲取一種理性的秩序和安頓，人道精神、和對內在潛意識不安與躁動的「逼視」，是他詩中的兩大支柱。

延伸閱讀

1 林燿德：〈許悔之論〉，見簡政珍、林燿德主編《台灣新世代詩人大系》（下冊），書林出版，1990。

2 方梓：〈深沉的感動——關於許悔之的專長與專業〉，中央日報第18版，1998.5.3。另見文訊雜誌151期，1998。

3 吳潛誠：〈詩篇是身心介入的延伸——評許悔之詩集《肉身》〉見《感性定位——文學的想像與介入》，允晨文化，1994。

4 奚密：〈光的新房——評介《我佛莫要，為我流淚》〉，見中時晚報第14版，1994.7.24。

5 洪春音：〈讀許悔之詩作「聖者的快感」〉，創世紀詩刊第97／98期頁112~114，1994.3。

6 莫渝：〈若即若離的悲涼〉（賞析詩〈息滅〉），見國語日報第5版，2000.1.9。

7 江典育：《一個倫理形成的可能——以許悔之《當一隻鯨魚渴望海洋》詩中的海洋意象為例》，臺灣文學評論，2008。

8 李敏勇：《亮的天背後那神秘的悲傷——試論許悔之》，鹽分地帶文學，2007。

潮

顏艾琳

日子剛過去，
經血沖洗過的子宮
現在很虛無地鬧著飢餓；
沒有守寡的卵子
也沒有來訪的精子。

只剩一個
吊在腹腔下方的空巢，
無父無母、
無子無孫。

作者簡介

顏艾琳，女，筆名墨耕，臺灣臺南人，一九六八年九月二十四日生。輔仁大學歷史系畢業，曾任號角、東立、元尊、探索等文化公司的企劃或主編，世界宗教博物館籌備處教育推廣、靈鷲山般若文教基金會新聞公關組長，現任聯經出版社主編。詩集有《抽象的地圖》（臺北縣立文化中心，1994）、《骨皮肉》（時報文化，1997）、《她方》（聯經，2004），另有論述一種、散文集《微美》等五種。

顏艾琳的多樣性由她的工作及喜好可略窺一二，她的漫畫評論及推薦佳作的乾脆、直覺，頗具男性陽剛特質。她的詩作一再觸探女性成長的孤絕和地母天性，又帶有幽微陰柔、百世不撓的巨大悲憫和悲情，有時又結合兩者，大膽挖掘，深及皮肉下的骨骼方止，表現了新世代剛柔兼得的兩性特質。

延伸閱讀

1 董成瑜：〈顏艾琳情色詩裡有成長足跡〉，中國時報第43版，1997.7.10。

2 葉榮裕：〈躺在床上的詩集《骨皮肉》〉，聯合報第47版，1997.7.21。

3 陳謙：〈這個天秤座的女人——讀顏艾琳詩集《抽象的地圖》〉，台灣時報第27版，1997.1.16。

4 呂怡菁：〈以「陰思想」為世情抽絲剝繭——顏艾琳小論〉，創世紀詩雜誌165期，頁102~108，2010.12。

5 吳昇晃：〈流動、自主與包容——顏艾琳詩中的女性意識〉，臺灣詩學學刊13號，頁155~178，2009.8。

6 顏艾琳得意的詩作：〈速度〉、〈赴死的禮數〉、〈黑暗溫泉〉、〈瓶中蘋果〉、〈淫時三月〉、〈度冬的情獸〉、〈思想速寫〉（組詩）、〈超級販賣機〉、〈終於〉、〈夢罐頭〉。

出航

紀小樣

霧笛劃破無垠的蒼茫
船舶犂過　海的胸膛
　生鏽的鐵錨
在船的肚腹裡——溫習著
鹽與水的催眠曲
航海圖、水手刀、纜繩與聽話的輪盤
信天翁、逆脊鯨與船長是拒戴荊棘桂冠的
王。

天狼星懸吊在船桁的頂端

熱帶性氣旋在赤道旁靜靜地醞釀
細密的網中沾滿著　魚的眼淚……

船桅上的瞭望台
望遠鏡底下　船長
嚴肅地緊皺著
海的　藍色眉頭……

——選自一九九八年七月《創世紀》詩雜誌一一六期

作者簡介

紀小樣，本名紀明宗，臺灣彰化人，一九六八年二月二日生，國立臺北商專附設空中商專企管科畢。曾任中影婚紗、法國小品攝影師，現任兒童才藝班作文指導老師，創作以詩為主，兼及小說。曾獲年度詩人獎、教育部文藝創作獎、時報文學獎新詩第二名，聯合報文學獎新詩評審獎。詩集有《十年小樣》（詩之華，1996）、《實驗樂團》（彰化縣立文化中心，1997）、《想像王國》（詩藝文，1998）、《天空之海》（彰化縣立文化中心，2000）、《極品春藥》（詩藝文，2002）、《橘子海岸》（彰化縣政府文化局，2003）、《暗夜聆聽》（彰化縣政府文化局，2009）。

詩作題材廣泛，關心者不止一端，能從日常所思所感及生活微小事物中發見詼諧兼苦澀、微渺又龐大的莫名感動。語言乾淨、精緻、細膩又不見冗蕪、龐雜。

延伸閱讀

1 張默：〈冷冷撐開一把詩的黑傘——紀小樣詩集初讀筆記〉，見紀小樣《十年小樣》序，詩之華出版，1997。

2 向明、余光中、商禽賞析〈摩天大樓〉，見《八十八年詩選》，創世紀詩社出版，2000。

3 蕭蕭：〈簡評〈簡明版家庭寫真〉〉，見《八十九年詩選》，台灣詩學季刊社出版，2001。

4 紀小樣：〈行行有作家：寫詩的腦子與按快門的手〉，幼獅文藝565期，頁80~81，2001.1。

5 銅袖鐵衣：〈螢火蟲的發光事業——記紀小樣〉，文訊134期，頁103~104，1997.5。

6 紀小樣得意的詩作：〈十個月亮〉、〈秋之十行〉、〈香水瓶及其他〉、〈台灣．三鯨記〉、〈筍之告白〉、〈出航〉、〈摩天大樓〉、〈簡明版家庭寫真〉、〈口述一座被遺忘的村莊〉、〈妳的側臉〉。

暗中

唐捐

1 目擊者

黑貓被房間消化，只剩兩顆堅硬的眼球
在空中飄浮。（牠的肉體融入夜色
增強黑暗的品質）。我抓住眼球
用力去捏，捏不出淚水，捏出繁複的
視覺經驗：

●有人在黑夜裡被殺（牠看見了）
●黑夜裡有人殺人（牠看見了）
●黑夜裡有人被殺（牠看見了）

●有人在黑夜裡殺人（牠看見了）

這些景象如湯，燙傷我脆弱的感官神經
如漆，漆在我潔白的心靈範疇。房間
更暗更暗，我起身開燈。但黑夜太濃
太強了，光憋在燈裡，跑不出來
終於脹破燈的肚皮

2 受害者

貓鳴　在頭蓋骨中保存　由氣體凝成液體　由物質轉成意識
由動而靜　由溫而冷　貓鳴　像有力的風沙　在土地上留下刮痕
不是刮痕　是痛苦的記憶鮮明　像過時的肉湯　在頭蓋骨中保存
腐敗的氣味洩漏　破壞風景　草木縮入深深的地底
鬍髮快速萌生　那是體內的情愫　鑽出燠熱的洞穴　如蚯蚓

貓鳴　貓又在鳴　像在夜色中點燃火焰　突破堅忍的鐵壁
向衰弱的血肉滲透　像鹽酸　滴在水蛭滑膩的肉體
不是水蛭　是激動的腦神經　逃離頭蓋骨
如小蛇突破堅忍的蛋殼　在草地上翻滾
滑膩的肉體碰觸冰冷的露水　貓鳴　貓又在鳴

眼睛不能杜絕眼淚　身體不能開除體溫　心　心怎能抵抗心情
窗外有貓　體內有心　隔著玻璃　牆壁　肋骨　胸肌
心不能影響貓　但貓能影響心
有一種濃稠的分泌物　布滿七竅　不知是貓鳴　還是心情

3 作案者

A · 動機

他們在作夢，夢見火。他們在哭泣，哭出火。他們在交談，談到火。火在牠們的腦中燃燒，別人不知道。火是牠們的血液，雖然牠們不是打火機。

B．過程

略

C．結果

聽到髭鬚生長的聲音，拿出銳利的刮鬍刀。但是下巴光滑，胸口卻有一條好看的疤痕。拉開疤痕，像拉開拉鍊……………。

啊，心臟已長滿毛髮。

——寫於一九九三年十月

——選自《暗中》（文史哲出版社，一九九七年五月）

作者簡介

唐捐，本名劉正忠，臺灣南投人，一九六九年出生於嘉義。高雄師大國文系所畢業，臺大中文研究所博士，現任東吳大學中文系助理教授。曾獲聯合報文學獎之新詩獎、散文獎、中國時報新詩獎、年度詩人獎等重要詩獎，為青壯詩人中之獲獎高手。著有詩集《意氣草》（詩之華，1993）、《暗中》（文史哲，1997）、《無血的大戮》（寶瓶文化，2002），散文集《大規模的沉默》（聯合文學，1999）、評論集《現代漢詩的魔怪書寫》等。

在詩集《暗中》的後記〈不在場證明〉，唐捐引述他人之言「詩是活過、愛過、掙扎過的痕跡」，但他相信「詩也可以是逸離時空的證據」。他說：「所謂逸離，可能是神遊萬里，思接千載，不為一時一地的見聞所限制；但也可能是活在自我營構的幻境之中，忘記今生今世斯土斯民，唯詩意美感是問。」因此，人在此時此地，詩的建構卻在另一個完全詭異的時空中，或者在相異的時空中任意穿梭。詩人，不一定在詩的現場；所以，讀者也不一定要在詩的現場。創作與閱讀，獲得完全的喜悅與滿足。

唐捐縱放自己的詩思在文字的叢林間奔馳，因而形成一個無比寬大的場域，戈壁灘、沙漠、綠洲、城市、駱駝……特殊的新疆，特殊的眼界，特殊的震撼，眼前突現的場景會是海市蜃樓嗎？閱讀唐捐的詩，會有這樣的驚疑。

延伸閱讀

1 唐捐十首得意詩作：〈絕句〉（1989）、〈來日大難〉（1990）、〈心靈唱盤〉（1991）、〈抒情六書〉（1991）、〈此刻我不想寫詩〉（1996）、〈遊仙〉（1997）、〈降臨〉（1998）、〈我的詩和我的父親的痰〉（1998）、〈洪水和你的猛獸〉（1999）、〈假遊仙〉（2001）。

2 唐捐「年度詩獎」作品〈我的詩和我的父親的痰〉及編者評，《八十七年詩選》，臺北：爾雅出版社總經銷，1998。另可參看唐捐的散文〈藥〉，見聯合文學月刊第209期，2002.3。

3 陳慧樺：〈唐捐詩中的「意識網」〉，幼獅文藝月刊462期，頁57~61，1992.6。

4 黃文鉅：〈魔鬼化或逆崇高——唐捐身體詩再探〉，見臺灣詩學學刊8號，頁191~232，2006.11。

5 徐培晃：〈火宅中的呼救聲——唐捐小論〉，創世紀詩雜誌164期，頁67~71，2010.9。

6 莊士玉：〈卑賤的「聖」母——論唐捐詩中卑賤姿態的呈現以及母親意象的雙重性〉，臺灣詩學學刊14號，頁171~191，2009.12。

在隔壁

陳大為

在隔壁　我聽見
死亡被床放大的掙扎
一吋一吋
吃掉恐懼可以躲藏的距離
吐出幾根發抖的
形容詞　和它撞倒的文句

我清楚聽見　淚
漣漪了舉室凝固的空氣
生命的螺絲鬆脫
緩緩的
像風繞過唯一的燭火

那麼小心　那麼猶豫
難道只有五十克嗎
靈魂的淨重
連記憶
都得細心挑選
我很想稱稱其中有沒有
三兩克
屬於我童年的

外公就帶走
這僅僅一團鵝毛的淨重嗎
隔著厚厚一道
八年的牆壁
聽見　我的小名
被喊得十分隱約

——選自《盡是魅影的城國》（時報文化出版公司，二〇〇一年六月）

作者簡介

陳大為，廣西桂林人，一九六九年九月二十八日生。國立臺灣師範大學國文研究所博士，現任臺北大學中文系助理教授。曾獲臺北文學年金、聯合報文學獎散文第一名、新詩第一名、第三名及佳作，中國時報新詩及散文評審獎、中央日報文學獎新詩第一名及散文第二名、金鼎獎、創世紀四十周年詩創作獎等十餘項。詩集有《治洪前書》（詩之華，1994）、《再鴻門》（文史哲，1997）、《盡是魅影的城國》（時報文化，2001）、《靠近　羅摩衍那》（九歌，2005），及散文集、繪本各一種、論文集《中國當代詩史的典律生成與裂變》等多種。

南洋對陳大為而言，是他的「命門」，是致命而難以掙脫的歷史符咒，雜揉入他的命運和血脈，一如中國文化和血統那般頑固，挺立在他的夢境，最後他只有選擇書寫來鬆綁，卻出以龐大的史詩企圖和文化野心，語言深入古代的石階和門楣，有些語句像千年頑石那麼鏗鏘。

延伸閱讀

1 張殿：〈怡保之子——訪作家陳大為〉，聯合報第41版，1999.11.29。

2 辛金順：〈歷史曠野上的星光——論陳大為的詩〉，國文天地雜誌，12卷12期，頁68~79，1997.5。

3 陳大為：〈陳大為的創作觀：詩的語言〉，中央日報第22版，2000.9.6。

4 丁威仁：〈互文、空間與後設——論陳大為《再鴻門》的敘事策略〉，中國現代文學14期，頁37~59，2008。

5 陳政彥：〈新世紀的吟遊詩人——陳大為小論〉，創世紀詩雜誌165期，頁96~101，2010.12。

6 陳大為得意的十首詩：〈我的敦煌〉、〈大哉夢〉、〈再鴻門〉、〈在隔壁〉、〈前半輩子〉、〈在東區〉、〈會館〉、〈在南洋〉、〈歲在乙巳〉、〈簡寫的陳大為〉。

光碟

王宗仁

我想將過往的懊悔與憤怒燒錄成一張張光碟，寄給那些曾經被我傷害、傷害過我的人，但電腦總顯示出「資訊太過潮濕，無法燒錄」。
我想將生活的現況複製成一張光碟，寄給未來的自己，但電腦總顯示出「資訊太過複雜，無法燒錄」。
我是多麼渴望，在未來清楚檢視自己曾在人生舞臺上的展演啊！最後我將身體、靈魂一一肢解，用力塞入電腦，按下「強迫燒錄」的選項，它卻只冷漠的顯現出數行字樣：「太過孤單的個體，無法複製、燒錄……」

——原載《自由時報》副刊（二〇〇五年一月十一日）
——選自《象與像的臨界》（爾雅出版社，二〇〇八年）

秦俑

王宗仁

是誰用鮮血揑造撲朔迷離的線條？是誰用媚俗工具斧銼華麗的姿態？是誰用指紋在腦海上緊縛禮教的髮髻？陰潮千年的坑道，早已不復記憶。而今，我只是呆立於照明燈下，一具被剝光尊嚴的赤裸。

由遠而近，再由近而遠，麥克風不停聲響著有關過往的傳說。有人在耳邊偷偷告訴我：「這就是永恆了……」。諷刺的是，我看似緊握的雙掌，卻只能一任時間緩緩滴落。

不再有虔敬不再有世襲，無所謂感動無所謂命運，眼光與眼光緊密、熱切的交疊之間，我遂一絲一縷地，被燃成歷史的灰……

——選自《象與像的臨界》（爾雅出版社，二〇〇八年）

作者簡介

王宗仁，彰化人，一九七〇年生。玄奘大學中文所碩士，目前任職彰化縣政府並於大學兼課，曾獲臺灣優秀青年詩人獎、全國學生文學獎、吳濁流文學獎等。著有詩集《失戀生態》（彰化縣文化局，2001）、《象與像的臨界》（爾雅，2008），評論集《白色煉獄——曹開新詩研究》（晨星，2007），編選《曹開數學詩集》（晨星，2007）、《悲．怨．火燒島——白色恐怖受難者曹開獄中詩集》（行政院文建會，2007）。

王宗仁擅長散文詩，散文詩的寫作，因為外型酷似散文而讓人有鬆懈之感，所以自商禽以降，渡也、蘇紹連、杜十三等人都努力經營生命悚慄的經驗，維持閱讀上的恐怖平衡，王宗仁傳承這種悚慄傳統，卻又注入人情溫馨，形成一種苦澀之美，顯現王宗仁畏怯而仁厚的人格傾向與生命軌跡。王宗仁將詩隱喻成「象形轟炸機」，蘇紹連評述他的散文詩充滿意象，像轟炸機一樣直截衝向我們的腦海，那轟然的撞擊和爆炸所激濺的水花或血花，讓人驚歎不已，稱許他是繼承散文詩正統脈絡的新一代第一把號手，吹響了自己的聲音。

延伸閱讀

1 陳巍仁：《臺灣現代散文詩新論》，萬卷樓，2001年。

2 蘇紹連：〈新一代散文詩的號手——王宗仁〉（《象與像的臨界》散文詩集序），網址：http://

blog.sina.com.tw/poem/article.php?pbgid=3187&entryid=578421

3 陳去非文學網誌：〈散文詩漫談〉http://blog.udn.com/shesiya/771781

4 白靈：〈等待與追趕——王宗仁的散文詩〈錯過〉〉，《創世紀詩雜誌》162期，2010.3，頁20~22。

雨使這個城市的線條起了變化

鯨向海

雨使這個城市的線條起了變化
我不再動用那麼多字句
撐傘到浪漫的地方去

尋找相愛的原因。
關於在旱季我們沖涼，
吃飯，睡覺，隱隱作痛
用剩餘的時間做愛
關於陽具形狀的冷氣機
高級再生紙的燈罩
一瓶葡萄酒在床上枯萎了

有人不經意又化成一隻蝴蝶
停在電腦深處

等夜躍窗而去。
最純淨的一道光線在身上游移
那一瞬間終於感到榮耀，關懷，熱氣
藍色矢車菊的牙刷
軍艦鳥一般飛行的馬桶
報紙上的消息卻依然是壞的
當有人不小心又伸手攪動黎明

陽光停了。
枯坐有瑕疵的餐具之間
進食者思維難以潔淨
我們的時代充滿了擺設
陷溺海溝裡的屋子
家具洋流其中，漩渦其中

人生是一大片浮油，面無表情在海嘯之上
寂寞將一切污染。
什麼樣的沙發椅失去了感傷
什麼樣的電視機失去性慾
然後襪子來了，西裝來了
手機掃射這個城市
冰箱裡盡是死去的企鵝
在時間的北極
有人的笑話總是
太冷太冷

太冷太冷
霧氣撩人的床單
灰喉山椒鳥的領帶
有人始終無法長出翅膀
然而我們也曾經飛過

被擲成同樣點數
下注過同一片天空。
在吻別之前，不再動用那麼多字句
整張臉瞬間被捻熄
腐爛，渙散，方圓百里的黑暗
又得出門去

——選自《通緝犯》（木馬文化出版，二〇〇二年）

作者簡介

鯨向海，本名林志光，一九七六年出生於桃園。畢業於長庚大學醫學系，現任精神科醫師。一九九六年開始在「山抹微雲」、「田寮別業」等BBS藝文專版發表詩作，建有網路新聞台「偷鯨向海的賊」及個人部落格「eyetoeye的地盤」等。作品曾獲全國學生文學獎新詩首獎、PC home Online網路文學獎首獎、全國優秀青年詩人獎、教育部文藝創作獎等。著有《通緝犯》（木馬文化，2002）、《精神病院》（大塊文化，2006）、《大雄》（麥田，2009），散文集《沿海岸線徵友》、《銀河系焊接工人》等。

此世紀與上世紀似乎已處在完全不同的思維系統，新詩發展到鯨向海這一代，似乎有了極大轉彎，歷史和鄉土、邊界和意識型態變成好笑的事物，因為他是資訊無國界時代誕生的寵兒，卻仍有著巨大的萬古皆有的孤寂和悲涼無比的心境。詩人阿鈍說鯨向海的詩宛如「有千種秘術」，深懷一種「可以任意轉換宇宙中輕重兩種力量的特技」，其「對世界的觀照與對自我的想望常常是一體兩面，當他涉事洪流，內在的信仰也同時鐘鳴巨響」，但若缺乏對詩美學的高度自覺，千種祕術也難如鯨氏之詩可輕鬆自在地展現。

延伸閱讀

1 方群：〈來自深海的回音——淺論鯨向海的三首近作〉，《幼獅文藝》552期，1999.12，頁53。

2 渣妹：〈日常的糾纏／神性的糾纏——側寫鯨向海〉，《文訊》204期，2002.10，頁87~88。

3 嚴忠政：〈用自己的鰭，界定自己的海域——鯨向海的經驗模式探析〉，《創世紀詩雜誌》134期，2003.3，頁147~150。

4 楊智鈞：〈該被拆封的詩壇星座——試論詩人鯨向海之網路性及其「通緝犯」〉，《興大中文研究生論文集》9期，2004.5，頁153~166

5 簡政珍：〈詩的慣性書寫與意象思維——評鯨向海的《精神病院》〉，《文訊》250期，2006.8，頁96~98。

6 林佩苓：〈隱/現於詩句中的同志意象——以鯨向海為觀察對象〉，《當代詩學》5期，2009.12，頁5~30。

貓咪伸展操

林德俊

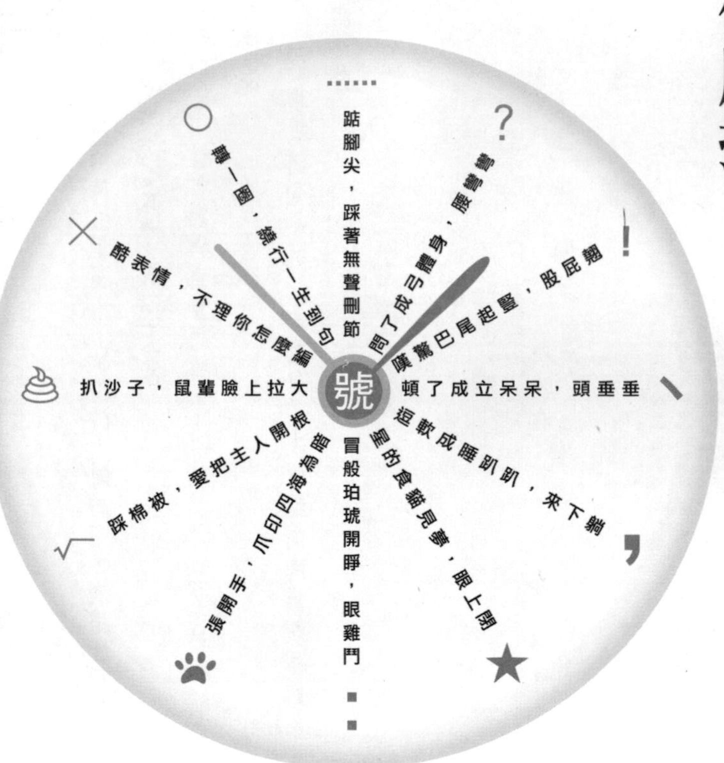

——選自《樂善好詩》（遠景出版社，二〇〇九年）

作者簡介

林德俊（1977~），輔仁大學社會系畢業、政治大學社會學碩士，任職於《聯合報》副刊、主編繽紛版，兼任臺灣藝術大學講師、《詩評力》總編輯。曾策劃二〇〇三跨界遊藝新詩物件展、「蘋果日爆」詩行動等，榮獲優秀青年詩人獎、帝門藝評獎、乾坤詩獎首獎、林榮三文學獎新詩獎、創世紀新詩獎等。著有詩集《成人童詩》（九歌，2004）、《樂善好詩》（遠景，2009），編有《保險箱裡的星星——新世紀青年詩人十家》（爾雅，2003）。

林德俊自稱是呆板城市的塗鴉混混、秩序世界的不良少年，以一本既跨界又越位的詩集《樂善好詩》，建構一個作者與讀者互補，語言與材質、文字與行動兼具互文效果的詩體解放活動，取徑語言、圖象與行動結合的藝術導向，既有淺碟化、圖象化、庶民化、遊戲化的後現代特色，又有些許激發讀者反思的功能，激起詩壇注意。

延伸閱讀

1 林德俊個人網頁「兔牙小熊詩磨坊」：http://mypaper.pchome.com.tw/erato

2 向陽：〈旅行．行動．動心〉，林德俊：《樂善好詩》推薦序，遠景出版公司，2009。

3 蕭蕭：〈旋與炫：臺灣後現代新詩的跨界與越位〉，國立中興大學臺灣文學研究所：《臺灣文學傳播全國學術研討會論文集》，臺中：國立中興大學，2006。

4 簡政珍：《解構閱讀法》，臺北：財團法人臺灣文學發展基金會、文訊雜誌，2010。

5 蕭蕭：〈跨界越位的後現代：以林德俊《樂善好詩》為例〉，《當代詩學》第6期，2011。

隱形的小孩

林婉瑜

在月亮被遮蔭的時候，在
戰況不明處
在閏月被增補的那一天
我與世界有著
一個隱形的小孩

最開始他只有
一公分大，喜怒哀樂也只是一公分
對世界的好奇每日增加一點，使他長為
兩倍的存在
潮濕溫暖的羊水海洋般承載著，兩公分的小孩

當我喝水時他喝水，當我睡眠他做著
兩公分大小的夢
當我行走，他對晃動的天地產生
暈眩和疑惑

他將慢慢進化直至
擁有人的配備與規模
而當我閱讀日報上的綁票新聞、懸而未決的襲警案
當我踏上謠言與選舉旗幟飄搖的街道
當島嶼的政治與地震
同樣劇烈地撞擊、浮動
隱形的小孩思索些什麼？

我與世界擁有一個，未來的小孩
他將懂得思考，懂得愛
懂得我將教給他的一切與他斷然

無法接受的部分
那便會是他
與我截然不同的原因了……

這一天
小孩三公分大
他知道了更多一些
他知道的更甚於從前
有關這個
億倍於三公分的世界

——選自《剛剛發生的事》（洪範書店，二〇〇七）

作者簡介

林婉瑜，本名林佳諭，臺中市人，一九七七年生。曾就讀進入臺北醫學大學營養系，其後選擇休學；畢業於國立臺北藝術大學戲劇系，主修劇本創作。作品曾入選年度詩選、《中華現代文學大系（貳）詩卷》、《譯叢》（Renditions）、《現代女詩人選集》（爾雅，2011）等二十多種中外選集。曾獲時報文學獎、林榮三文學獎、優秀青年詩人獎、第一屆青年文學創作獎、「詩路」二〇〇〇年年度詩人獎、臺北文學年金等。著有詩集《索愛練習》（爾雅，2001），《剛剛發生的事》（洪範，2007）、《可能的花蜜》（馥林文化，2011）等。

貼近口語式的書寫，常有魔術般的結局，她指揮著的是瘂弦所說「一種只見性情不見技巧的技巧」，她用力的「是技巧的隱藏而不是技巧的顯露」。陳義芝說林婉瑜情性豐饒、詩心黠慧，詩風「帶著釉光」，那是人情、親情、愛情對生命的彩繪方式，即使眼光朝外，她以詩句要蓋出的也是「一座光影流麗、底蘊情感的天空之城」。

延伸閱讀

1 瘂弦：〈青春的反顧〉，見林婉瑜：《剛剛發生的事》，臺北：洪範書店，2007年，頁10~11。

2 李瑞騰：〈田裡的那尾「蛇」長大了嗎？——林婉瑜詩的一個側面〉，見《幼獅文藝》第642期，2007.6，頁8~11。

3 楊宗翰：〈「崛起」中的七字頭後期女詩人——以林婉瑜、林怡翠、楊佳嫻為例〉，《創世紀詩雜誌》第137期，2003.12，頁153~163。

4 黎俊成：〈留白與深沈——林婉瑜〉，見其《詩的朦朧美學研究——以台灣新生代詩人為例》，高雄師範大學回流中文碩士班碩士論文，2009，頁160～175。

天使，倘若你已決定拋棄我

楊佳嫻

衣服是別人的
陽台是別人的
擺放在那裡的梯子
粗手感的離島明信片
有時候我害怕
終於我們只能在別人
夢裡的圖書館度過
約定的冬日

度過每一天像是
又仔細地在樹林裡挖了一個洞
雖然，總有那麼幾分鐘

迎著太陽站在青田街
我會盆栽那樣
有不思索的快樂

看激情的書
見幾個要被吹走的人
準備一趟其實
不比你漂亮的旅程
把說要帶你去的地方
多去幾次，彷彿替你去過了
這世界變成雙倍
遼闊得像電影

禮物都準備好了
節慶計畫
不同顏色標示的課表
下下一本書……

現在讓我們一一刺破氣球
讓我們解散房間，果決
如午夜路燈周圍
粉碎飛散的黑天使們

附註：題目取自楊牧〈致天使〉（《時光命題》）中的一句。

——選自《少女維特》（聯合文學，二〇一〇）

作者簡介

楊佳嫻，高雄人，一九七八年生。政大中文系學士，臺大中文所碩士、博士。曾獲臺北文學獎，梁實秋文學獎等獎項，是九歌版《中華現代文學大系（貳）詩卷》、《台灣文學三十年菁英選：新詩三十家》最年輕的入選者，早期活躍於網路，目前沉浸於五四時期象徵派、現代派的追索。著有詩集《屏息的文明》（木馬，2003）、《你的聲音充滿時間》（印刻，2006）、《少女維特》（聯合文學，2010）。

楊佳嫻的詩作大抵以婉約抒情為主調，以活化古典為風貌，《你的聲音充滿時間》以「抒情系譜的直裔，文字文明的貴族，古典靈魂與現代身體相悖相融的詩行風格」作為宣傳語，頗能掌握開啟的鑰匙；唐捐的序則說她「著魔一樣，迷戀著漢字的精魄與骸骨，時時展現錘字結響的功夫。」丁旭輝在〈楊佳嫻詩作的古典新象〉論文裡，指出楊佳嫻「最大的特色在於充滿創意的新古典詩風，表現出獨特的現代詩古典新象」，因此最好以「當代情境的古典氛圍」和「古典情境的當代演出」去認識她。

延伸閱讀

1 丁旭輝：〈楊佳嫻詩作的古典新象〉，「兩岸四地第三屆當代詩學論壇」論文集，北京：北京大學、首都師範大學，2010.6.26~27。

2 楊照：〈凝視傷口而變成了傷口——讀楊佳嫻《少女維特》〉，楊照部落格：http://tw.myblog.yahoo.com/mclee632008/article?mid=4456

3 楊宗翰：〈「崛起」中的七字頭後期女詩人——以林婉瑜、林怡翠、楊佳嫻為例〉，《創世紀詩雜誌》第137期，2003.12，頁153～163。

4 黎俊成：〈意象與優雅——楊佳嫻〉，見其《詩的朦朧美學研究——以台灣新生代詩人為例》，高雄師範大學回流中文碩士班碩士論文，2009，頁146~159。

面對

陳雋弘

面對落地玻璃窗
我們隨餐具漂在海上
靠近岸邊的桌布顏色較淺
靠近你胸口的海水
蔚藍一片

一艘小船
慢慢駛進了你的耳朵
飛出來
又變成海鷗
當海平線穿過你的額頭
你在想些什麼？

棕櫚樹躲在轉角
似在偷聽，我們的祕密
某些懸而未置的問題
總是被一個服務生打斷：
「抱歉，你們的培根三明治
還要再等五分鐘。」

我看見一群色彩斑斕的魚
順著窗簾的浪
游過來了
我們期待許久的歌曲
當牆壁上白化的珊瑚礁
也漸漸甦醒——
關於記憶
一如刀叉的齒痕

我們小心翼翼地走過
這樣美好的夏日午後
沙灘離我們還有一些距離
隔著落地玻璃窗
我離你還有一些距離

——選自《面對》（松濤文社，二〇〇四）

作者簡介

陳雋弘，一九七九年一月二十六日生於屏東。高雄中學、嘉義師範學院、高雄師範大學國文研究所畢業，現為高雄女中國文科教師。大三開始接觸現代詩，出沒並活躍於「山抹微雲」、「田寮別業」等BBS站，曾為明日報「我們隱匿的馬戲班」詩逗陣網一員，建有個人新聞臺「貧血的地中海」。作品入選E世代情詩選《愛情五味》、《拼貼的版圖——乾坤詩選》、《詩次元——詩路二〇〇一網路詩選》。曾獲時報文學獎新詩首獎、教育部文藝創作獎新詩首獎、文建會臺灣文學獎、詩路二〇〇一網路年度詩人、優秀青年詩人獎、吳濁流文學獎、大武山文學獎、花蓮文學獎等。出版詩集有《面對》（松濤文社，2004）、《等待沒收》（松濤文社，2008）。

陳雋弘是新世代詩人中極少數能「語言插上翅膀」的年輕詩人。他把語言滯重的一面徹底卸了載，語言何止是翅膀，還是可揮熄火焰山的大蒲扇，一揮，就將讀者的想像捷運至天涯海角；他挪動語詞輕快自如，不像許多詩人如壓胸石頭，沉甸甸難以搬移，其輕鬆倒像是心中立了一塊觸控面板，指尖一動，就可任意換景、乃至塑型搭建心中畫面。

延伸閱讀

1 羅智成：〈詩的氣息是美好閱讀的開始〉，《面對》（松濤文社，2004）序文，另見松濤文社網頁：http://blog.roodo.com/pinewave/archives/386564.html

2 鯨向海：〈居樂和雋〉，《面對》（松濤文社，2004）序文，另見松濤文社網頁：http://blog.roodo.com/pinewave/archives/383246.html

3 林婉瑜：〈輕之上的重〉，《面對》（松濤文社，2004）序文，另見松濤文社網頁：http://blog.roodo.com/pinewave/archives/386549.html

4 吳昇晃：〈在詩歌的無用與有效之間——《彷彿在君父的城邦》與《面對》對照式閱讀〉，《乾坤詩刊》56期，2010.10，頁131~132。

5 白靈：〈語言插上翅膀——陳雋弘的〈面對〉〉，《創世紀詩雜誌》167期，2011.6，頁34~36。

二魚文化　人文工程 E043

【臺灣現代文學教程】

新詩讀本 增訂版

主　　編／蕭蕭、白靈
策　　劃／葉振富、梅家玲
編輯委員／朱嘉雯、李翠瑛、林于弘、林元輝、范宜如、洪珊慧、陳信元、陳黎、陳義芝、許秦蓁、黃文成、渡也、焦桐、楊清惠、楊馥菱、蒯亮、鄭明娳、蔡雅薰、鄭瑞城
責任編輯／劉晏瑜
美術設計／蔡文錦
副總編輯／黃秀慧

出 版 者／二魚文化事業有限公司
地　　址／116台北市文山區興隆路四段165巷61號6樓
網址　www.2-fishes.com
電話　(02) 29373288
傳真　(02) 22341388
郵政劃撥帳號　19625599
劃撥戶名　二魚文化事業有限公司

法律顧問／林鈺雄律師事務所
總 經 銷／大和書報圖書股份有限公司
電話　(02) 89902588
傳真　(02) 22901658

製版印刷／彩峰造藝印像股份有限公司
初版一刷／二〇〇二年八月
二版三刷／二〇一八年九月
ISBN　978-986-6490-70-5
定　　價／四八〇元

題字篆印　李蕭錕

國家圖書館出版品預行編目(CIP)資料

臺灣現代文學教程. 新詩讀本 / 蕭蕭, 白靈主編. -- 二版. -- 臺北市 : 二魚文化, 2012.05
544面 ; 21*14.8公分. -- (人文工程 ; E043)
ISBN 978-986-6490-70-5(平裝)

831.86　　101009271